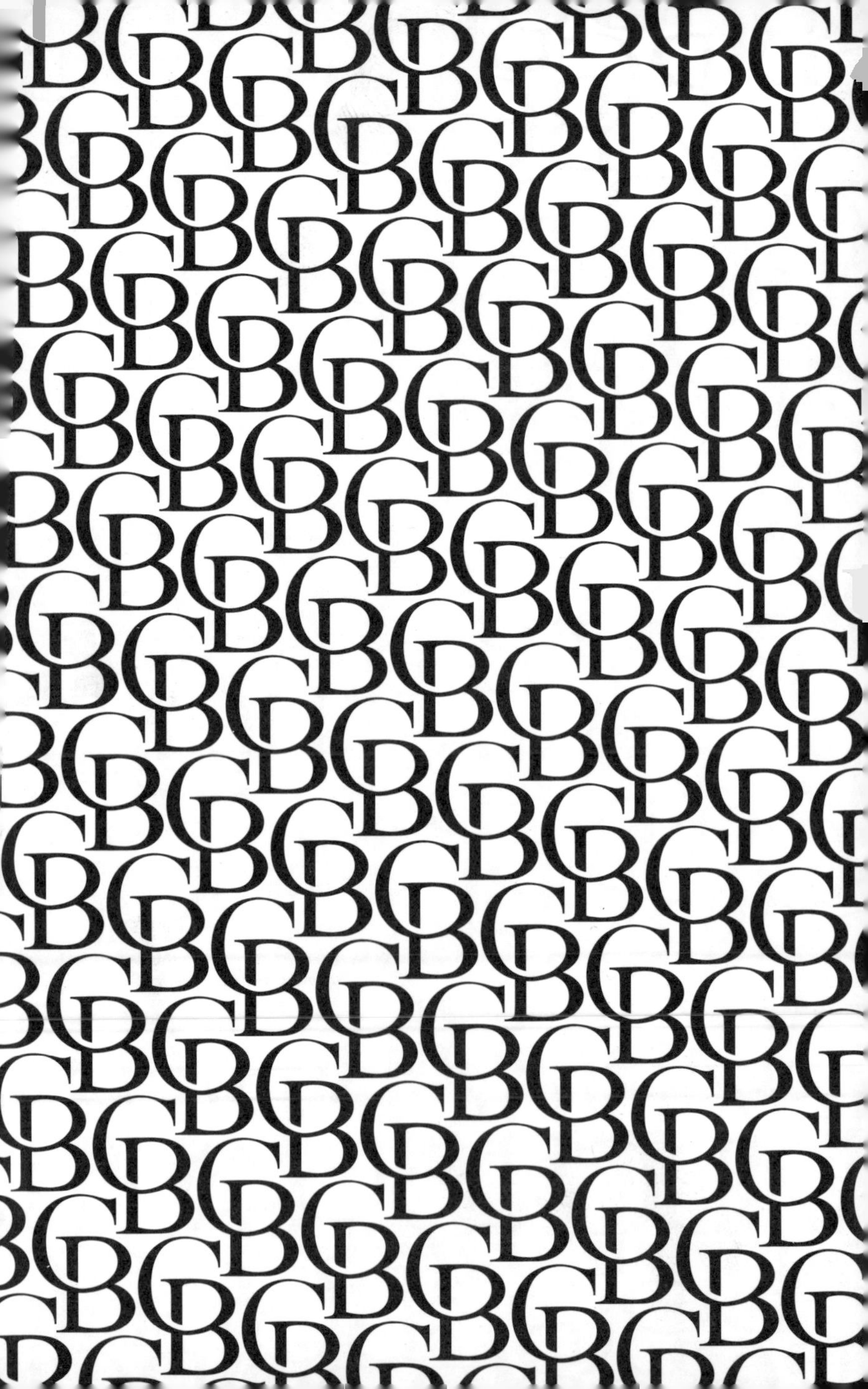

FRANÇOIS FANTASY
方斯華

CHOVBE
邱比

我隻身在一個由表象構成的世界裡飛行
我感覺自己全然的完整，就像一個天使
要讓世界包容我所有的癖好，需要一段漫長的時間與努力
但世界終究會改變，它會變得更開放

繁星蔚藍

第一章

1

一位有著鬈曲鬍子的船長，永遠知道下一站該前往哪裡的巴格達菲洛，此刻在一艘潔白長艇上悠哉的環視，白色私人長艇在海面上划過，一道道粉晶色的水花向兩側飛濺，約可見六名他雇用的異地傭人們正焦急地撲滅從甲板下四處竄出的惡火。

巴格達菲洛眼睛緊盯著陸地，似乎胸有成竹。

想要讓所有讀者在第一章的時間內完全理解巴格達菲洛船長，以及他為什麼對一路上辛苦冒險賺來卻正在流失的財產這麼無動於衷，恐怕對很多人包括我自己來說都是不切實際的。

但我們仍然可以從船上載有的珍寶，以及他養成這種脾性的緣故說起，就當是一種調查。當我發現有另一種生命正在用我所不熟悉的心態活著，而且活得自在悠遊，絕對都值得好奇一問，抬頭看，那隻在豔陽下飛旋的海鷗，我們也應該好奇牠怎麼活到今天，但調查失火原因也很迫切，天底下每一件事情都是自有道理，人們當選擇哪一樣先去理解，正因這種決定順序才真正產生了實際感。

當巴格達菲洛越靠近碼頭，白色長艇上載的所有寶物，包含一系列來自遠方的稀奇家具，有好幾個做工精密的桐木大鐘、成堆的銀幣和一條條金塊，因為大船破了個洞全掉入深海溝。

火勢阻擋不了，綁在側面的救生艇和下屬房間裡陪伴經商歲月的精紡羊絨大衣，全都快被惡火給吞噬。岸上的幫手在遠處看，他們站成一條橫線，聞到飄送過來的布匹和木製品焦味，無奈的哀聲嘆氣，想到自己這輩子的工資，根本難以換來船上的任一件寶藏。獲取寶藏的那些男女水手才經歷了精采的歷險並獲得了難忘的回憶，這下子能定義自己與帶來安全感的所持物和擁有它們的快樂，全都被烈火或海水給清理乾淨了。

那樣的火與水，將還未與白光實現合一的所有人，都瞬間變成了一個沒有故事、沒有背景、沒任何影響力的不重要性存有。我們可以說，這就是巴格達菲洛之所以臉上此刻冒出笑容的緣故，因為他已明瞭，此刻正是多年的探尋的終點，經年對愛求而不得所得的獎賞，他成為他所成為的方斯華。

2

一匹有著白色毛髮的駿馬「嘶！」的叫了一聲，等不及上岸就對著大海張開牠的羽翼，牠飛進海水並往另一個方向游去，為了逃避惡火，暫時消失在薄薄的晨霧中。

牠有著微胖的身材，這匹馬的胃口很好，而且進食速度極快，暖烘烘的體溫讓騎乘的人感覺自己就像坐在一顆新生的太陽之上，對待牠切莫一開始就太過親密，不自我克制親暱的行為只會漸漸奪走這匹馬的體溫，但也不是說要斥責牠才能真正擁有牠的心。

這匹馬非常嬌貴到幾乎無懼羞辱，牠喜歡和人互動尤其喜歡音樂，這匹馬不知為何打從心底相信，世界上只有一個人具有資格能騎在牠的背上，倒也不是說那個人需要多少財產或怎樣的人品。

資格的事情總是很奇怪又沒有標準，真正的資格論者又是非常稀少的，可能連這匹馬自己也不清楚到底有沒有所謂明確的標準，每當牠在思考這類事情，牠就會望向水窪中的星星，牠知道自己被關在某一個時間裡，這裡如同別的行星的煉獄，牠可能想要遇上的，是一位帶給牠解放自由的主人。

牠也知道這種期待幾乎是自私自利的，但在充滿交換的規則裡，也許世界存在得天獨厚的愛意吧？

讀者很可能會發覺這匹不自量力的馬似乎希望得到這世上所有的好處，但讀者卻太過容易忽略牠同時也願意給予和奉獻自己的一切。（但那是什麼呢？應該是生命吧。）

牠心底至少認為自己願意做出難以預測的改變，而這種關係和態度與愛有關，也可能只是一股源自動物的本性，永遠奔向極大化的刺激與感官體驗而去。（敢於想像自己屬於一個人，這本身並不是什麼長處。）由於馬鞍、馬鞭、飼料這些東西都已化作灰燼，所以究竟牠是否被騎乘過，而正盯著遠方入神的方斯華是否擁有過這匹駿馬，誰有什麼證據呢？

牠就將這麼消失在紙頁上，我也不知道究竟牠是被一物幻想出來的，還是方斯華當下全新的創造，經過這次的事件，這匹馬領悟到意外也有可能帶來驚喜，這些感覺通通再也左右不了方斯華，他已經成為了意外與現實組合起來的那種夢幻泡影。

現在，重逢的渴望突然變成了一件大事，但不知道是否值得一生追求。與主人重逢究竟是不是寵物的宿命？難道只因為方斯華是唯一能夠用心看見牠那漂亮羽翼與黃金螺旋角，就代表著祕密與真理還需要配合什麼東西一起觀察才能使其足夠完整嗎？

結實的白馬在方斯華的注視之下飛了遠去，牠或許是帶著愛意自願的離開了，不為任何原因，可能比起被火焚身，牠更怕的是上岸後，那裡太多行人將只看見牠的形體，而看不見牠真正的樣子。

這匹白馬有一個非常特殊的才華，就是牠能夠準確辨識每一個愚人，牠會保護他們順利度過冥河，縱使有這樣的才華，也絲毫比不上擁有牠的主人：方斯華無懼生死，漂泊如果是宿命那就這樣吧！

3

那艘白艇已經化作黑炭，燒不盡的部分沉墜後，被一股暖流捲去。

所有的船員都找不到，他們全不見了，我該問他們是不是跟著船沉了還是各自逃跑，但原諒他們，畢竟剛剛在一陣忙亂中他們發現這個巴格達菲洛已經不是原本那個愛好成功、反骨的巴格達菲洛，他是誰？巴格達菲洛以一種似乎整個宇宙都是為他而生的姿態站在甲板，船員們一瞬間懂了，早年那些宣示目前通通沒了效力，如今再也無需追溯合約裡究竟誰還欠誰，或誰該補償誰多少。

一位女船員躍入水中，浪花使視線模糊成片，她究竟是墜了還是根本沒有跳入大海，這一真相誰還想知道或在意？倒是與汽油一起浮到海平面上的一條紅色變形蟲方巾，這條頭巾曾陪巴格達菲洛到亞馬遜叢林找尋水晶骷髏頭，現在它浮在海面，海水滌淨了上頭的汗液，那些深夜裡船長自己關在房間對著召喚出來的不知是上帝還是撒旦喃喃自語，這條汗巾有情感，所以船長把它撿起來纏上。

負責收拾殘局的工頭跟隨著並湊近巴格達菲洛，一一講明善後事宜可能產生的昂貴費用，同時一邊想著，巴格達菲洛在江湖上被傳有點狡猾，他是不是一個背信者呢？竟然連自己的手下墜船都可以毫不關心，這種態度可比丟失珍寶更令世人難以接受。「巴格達菲洛若真的如傳聞那樣叵測，日後還是離他遠一點好，我可不想落得這樣的下場，無人眷顧又喪失一切，根本是人生中最慘的境遇，這都是因為他不懂得愛的緣故。」工頭東想西想，但這也不是他真正在擔憂的事情。

做工之人只因為長期與工具相處，所以自然對生命有一種充滿因果性的理解，他隱約感覺到巴格達菲洛的目光散發著有一種不該有的傷感氣息，彷彿只有他自己沒發現，但卻讓所有人都感覺凝重，這不就是導致生活悲慘的原點嗎？

「如果巴格達菲洛要持續這種狀態，那我可真得與他保持距離，現實太過繁瑣了，我有老婆要養、兒子要顧，我還有一堆帳單要付，可沒時間去感受傷神，那簡直太奢侈了。」儘管這樣想，但他也肯定這份憂愁對於精神世界的發展，可能是一種必要的存在吧，誰又知道呢？

年邁但依然健壯的工頭知道自己與巴格達菲洛不是同路人，但因為怕巴格達菲洛以為自己不專業，所以他故作鎮定，對每一個修復項目進行報價的時候，盡量穩住神態，彷彿什麼珍寶都見過，以上這些行為都讓巴格達菲洛無言以對，對巴格達菲洛而言，眼下問題只是工頭惱人的口臭，還有自己竟然這麼容易就對素昧平生的人產生愛意，強烈的既視感不斷冒出來。

為了不讓工頭持續煩惱什麼，巴格達菲洛聽完一切損失報告後就迅速離去，他察覺到工頭正在心中把自己排除在外，而這種人與人的分隔只會帶來痛苦，這種痛苦就像傳染病一樣，在巴格達菲洛的大腿內側留下一道道濕疹疤痕，迫使他回道現實，毒素在大腿上奇癢無比，紅腫成塊狀的斑紋需要三天消退。巴格達菲洛靜靜等待，相信到頭來一切都是好的。

4

一名看起來是中世紀的騎士，汀萬。

他喜歡質疑一切他不熟悉的東西，並大聲歌頌他所有習慣的事物，這樣的人是朽木不可雕還是真正出塵的靈魂，誰又能斷定？

穿著破舊的汀萬替一間有著未來主義風格裝潢的海港餐廳捉蝦，當他摘下他的頭盔享用午餐時就會露出一排有黃斑的爆牙，這樣醜陋的外表，加上姿勢與眼神中那種左右閃爍跟重心不穩的儀態，使他這輩子注定都沒辦法跟正常人一樣，獲得大多數人起碼的對等尊重。

那間海港餐廳為了大量購入剛面世的一些電子小創造，而沒有老實付汀萬該拿到的薪水，餐廳老闆至少解決了汀萬的三餐溫飽與住宿問題，汀萬很懼怕蝦子的觸鬚，過了好陣子也沒挺過恐懼來。

當巴格達菲洛走進這間餐廳時以為自己進到了玩具店，他發現這時的世界上有種叫做電池的東西，電池使物件能夠移動，他憶起那匹白馬，牠是不是自己的電池？遺失電池的自己究竟算什麼？裝置在沒有裝入電池之前並不能發揮所被期待的一切效能，電池是影響力的先決條件，也就是說，不管巴格達菲洛目前做什麼，或去說什麼，都不可能有結果也不會成功，因為他根本沒有繼續能「做」的先決條件。又或許實際上早已經跟著這幾年從世界各地搜刮而來的寶藏一起葬身大海也說不定。

但巴格達菲洛很快就明白，自己還活得很好也不需要什麼電池，因為他已經從一個「機器人」變成了方斯華，因此，他不需要電池也能隨心所欲生活，至於是種什麼樣的生活，他並不在乎看清楚。

巴格達菲洛對汀萬瑣碎的姿勢感到非常有興趣，他感知自己跟這號人物之間似乎有著前世的糾葛。

許多人讀到這裡會反駁作者，因為汀萬姿勢裡那種多餘動作、眼神中那種渴望獨立的目光似乎都與巴格達菲洛天差地遠，但巴格達菲洛可不這麼想，他相信自己的直覺，他認為自己可能在過去與他之間有著不可思議的聯繫。

由於對汀萬的過去感到無比好奇，巴格達菲洛走上前去對他說：

「你動作很勤快，你願意離開這裡當我助理嗎？」汀萬立刻辨識出巴格達菲洛的過人之處於是回答：「我向來不會對未來感到緊張，因為一切都已注定了，在你詢問之前我就已先答應你。」於是，汀萬加入巴格達菲洛的流浪旅程。

剛剛那艘沉船、離去的白馬、以及那些消失不見的水手和岸上的人，所有這些組合成的一種印象，一下全被丟棄了，現在真理已經曝光了自己的祕密，以此為中心點向四周探索，揭開群神的面紗。

5

「在知曉前我有著不同的功用，在知曉之後，我又有了截然不同的作用了。」有一天，巴格達菲洛忍不住問起汀萬心中最大的願望是什麼？汀萬想了許久，用他的大嗓門回應巴格達菲洛。

多年前汀萬放下一切，遠離家鄉來到偏遠的海港餐廳工作，為了想認識自己，但看來進展不明朗，可能每一種方式都失敗了，但了解自己其實並不困難，是他的過分努力阻礙了真理流暢自然發生，但這個答案其實需要等待，因為等待其實更有效率。

汀萬一心嚮往某些更難取得的東西，例如：一切他本不該擁有但卻意外獲得的，或是他不該知道的知識，汀萬似乎相信一旦將它們都蒐集足夠就能帶來實際的轉變，為了拼出世界真實的樣子，任何代價在汀萬眼裡都不是問題，根本上他還熱情的認為自己有責任去找到答案。

汀萬找工作時常會因為當天有無戴上騎士帽，而有截然不同的待遇。當他穿著騎士帽去面試第一份工作時，他被問道：「請問你能勝任嗎，三天內上班，你有什麼想法？」汀萬答：「我覺得……我準備好了。」一邊說時，頭盔與脖子下方的鋼鐵鎧甲碰撞出沉重迴響，這些聲音都會讓人感覺這個騎士似乎很穩重，面試的人又問：「能摘掉頭套讓我看看你的臉嗎？」

汀萬於是從胸口處拿出一把心型鑰匙交給對方，並指示對方用右手靠近自己左側脖子那邊的鎖孔，面試人上前幫忙解開，那人將鑰匙插進那個鎖孔，汀萬乖乖的像一具空殼那般動也不動，一改先前晃動的姿勢，幾乎連呼吸也全都靜止下來，而當頭套一摘下，面試官卻瞬即對一切都有了新評價。

剛剛回答的音調，從胸有成竹的印象變成叫人厭惡的猶疑，而看似穩重的身軀，此刻感覺就像一具老邁的軀殼，而且汀萬這種精神上的呆滯以及對自己相貌之醜可能造成的問題的想像力極度貧乏，更是讓面試官感到侷促不安。

面試官心想，或許汀萬根本無心工作，他只是來交個朋友，但我真能接見這一個生來醜陋的人嗎？面試官望著隱藏在頭盔之下的汀萬的壞皮膚，和那雙過於炙熱而有點惱人的眼眸，雖感覺老成持重但感覺一逮到表現機會就會忍不住碎碎唸。面試官苦笑，這世上怎麼能組出這麼熱切又醜的東西，或許上輩子不小心犯了什麼錯？所以，面試官懼怕的其實是錯誤，因為醜跟偉大的錯誤直接相關，醜其實很不可思議。

6

菲利普騎著他撿到的銀馬，向農地附近的幾名居民炫耀，卻只得到令他失望的反應。

這匹有著銀色毛髮的野馬由於過瘦，使牠看上去就很難照護，但菲利普隱約以為這匹馬的價值相較尋常的馬貴上近一千五百倍，這些聲明使那些養馬同儕們心裡不快，因爲菲利普此前那些浮華不實的言論調性，再次在村落的酒吧中被當成事情重新提起，並在眾人話題中渲染上更誇張的色彩。

菲利普走進酒吧裡頭，慷慨宣布拿這半年的薪水請大家喝啤酒，並且請大家重新原諒他過去幼稚的行為，不難看出酒吧裡的人們卻只要擁有免費啤酒很快就通通開心起來了。大家對菲利普一夕之間改觀，那匹難養活的銀馬與自己的緣分也到了盡頭，於是一天，菲利普將馬廄柵欄打開讓牠自由。

「這匹馬其實很難相處。」酒吧裡菲利普向大家抱怨起往事，所以大家自然順著話題問起他平時是怎麼照顧這匹馬的？菲利普回答：「這種來路不明卻漂亮的野馬，需要比尋常的馬匹更多的關愛，牠仰賴讚美、激賞、眼光、八卦、親熱、還有物質享受是否健全。當然，牠所受的光照麼不能太弱也不能太強、周圍濕氣不能太高不能太低、通風必須良好、溫度在夜裡不可低於……。」所有酒客聽完一頭霧水，還是不知道菲利普究竟怎麼飼養的，菲利普又說：「但以上條件我全部沒遵守。」其中一名特別好奇的酒客追問菲利普：「那牠怎麼還願意待在你的身邊？」菲利普搔搔頭向他答：「可能牠喜歡被拍照吧，我都一直在拍攝牠。」乾了一杯啤酒「根本就是虛華的動物。」低喃自語。

「也許我農村所在的高地，剛好是牠所愛的環境罷了。」菲利普自己得出這樣的結論。

夜越來越深，酒客都散了，當最後一位離開時，醉醺醺的湊近菲利普在他耳邊大聲的說：「雖然說銀馬很稀有，但我可能就是個俗人，還是喜歡棕色的馬，感覺比較健康。」

7

菲利普發現他的人際關係並未如期待中就此獲得一百八十度轉變，或許請完啤酒那天一開始是的，但漸漸的大家又開始認為菲利普話語不可靠，總是誇大事實，最後直接認定他的性格就是很浮誇。

他正在回想，那匹銀馬或許在外頭沒辦法照顧自己，他怎麼會草率地把那這麼稀有的野馬放走呢？那日清晨究竟自己在幹什麼，怎麼一點都不經大腦，究竟當時以為斬釘截鐵的念頭，為何現在又有截然相反的意見，是不是有一種來自上天的作用力使得自己不由自主的做出一些違反心意的事情？

他對看見自己居然這麼容易受到外力影響而感到很吃驚。

不難察覺，菲利普的個性有宗教性的一面，他會將一件事情無限上綱，並從形上的部分獲得體會與啟發，這注定不斷驅動著他的行爲，使他接下來做出更驚人的事，首先他利用數次超覺靜坐想掌握內在豐富的意象，最後他漸漸能認為自己與地球之母蓋亞完全融為一體，當他感覺到大地似乎正在要求他移動：「現在，跳起來！」菲利普就會想都不想就跟著跳起來，只因為是來自蓋亞的要求。

菲利普以為若不照著地球之母的旨意辦，某種意義上來說就算無神主義者，而他並不是。

8

地球之母蓋亞不知道何故，最近開始顯化一些銀河系真實的歷史給菲利普的靈視看。

一隻有著爬蟲類皮膚的綠色巨手，正由陌生人口部直直伸入，只見一位年紀不詳的男性，他的心臟從該有的位置透過食道被那隻爬行動物用蠻力拔出，那名男子的食道因為承受不了這麼粗壯的手臂而粗魯的撐開，流出鮮紅的血但卻又同時迅速癒合，就在這種撕裂與治癒的往復中，他們似乎依然進行著很嚴肅的對話。

那名受困男子難受的說：「我尊奉祢，我的化學病菌已經有效的強化沮喪、惱火、憤怒和無止歇的怒火。是時候，人們早已經無望。」

才剛語落，他的嘴巴被撐裂得更開，但依然不斷的即時修復，當喉嚨已被自己的心臟堵住，再也發不出聲音，至少聽不出來在講什麼，他才被狠狠拋甩向地上。

9

有那麼一天，菲利普的內心聽到地球之母蓋亞用自己渾厚的聲音對他說：「現在把所有賺來的金子花光，一點也不要剩，去完成你該完成的。」菲利普對這項旨意感到非常不安，因為揮霍財產有違他的家訓，但如果這時不履行這項要求，等於過去好幾月以來，他對蓋亞的態度都是不夠堅定的。

很顯然這是一次信仰危機，對於這個情形菲利普覺得很難為情，但另外一方面，又感覺或許這正是他突破的關鍵，然而，經過幾個月後，菲利普都沒有執行，不久後的某天下午，他意識到蓋亞好像已經不再對他說話了。

10

方斯華終於領悟自己正是這本寓言的唯一主角，他同時是書寫生命的人，也是讀著生命的人，因為瞥見永恆的循環，所以徹底的允許了歡喜、大笑大樂，並用生命本身慶祝生命。

方斯華到底是誰？方斯華不可以是別的，他只能是方斯華。要怎麼樣成為方斯華，沒有一定方法，唯一可做的只能等待，除此之外，就沒有什麼事情可做了，因為，生命本來就是如此美妙的存在。成為方斯華之後的生活有什麼不同？我們無從得知，但大概知道生活將繼續，但有一些人將明白、另一些人將困惑。

他的步履輕盈，在蓬鬆的雲朵之間穿梭，迅速又靈活，這人究竟在想什麼？他的面容看似冷漠，又同時隱含著無法言喻的情感，華麗的舉止，加上那一雙對世間萬物都不再好奇的眼睛，他似乎早就看穿了我，卻不需要真正長時間凝視我。

這就是方斯華與眾不同的地方，他利用了幻影與聯想去轉移了眾人的注意力，輕鬆讓我們焦點擺向單純的、具有深度卻如迷宮一般的答案。

不需太多猜忌，就如同你在夢中表現的那樣就行，因為方斯華對你而言是一種經歷。

方斯華的客廳跟常見的那種都不同，那有他獨一無二的美學觀念，所有的擺件都有一種靈活度，看起來每件東西好像都沒有用途，除非你自己想像出它可能的功能，直到你使用純真的心靈去招喚出它的用處，不然那些東西就是廢物而已。對多數人來說，他們看見了散落的鋼、大小不一的原木、座落屋子中央的毛毯、歪斜的不確定能不能使用的燈具，但對那些富有想像力的人而言，這個客廳什麼家具皆應有盡有。

這種風格太過奔放與自由導致它沒有名字，但卻如一首交響樂，每一個細節都具有它的道理。

在方斯華的地盤不適合激動，這是太危險且是不智的，因為在這個放鬆又空白的時光屋當中，所有的情緒都會被聚焦、擴大，好比，當你心情好在這裡你就會渾身暢快，但若你悲傷，不一會功夫，待在這裡就會讓你灰心喪志。

端盤子的經過：「今早漢默老師寄來了咖啡豆。」端盤子的說。

方斯華有禮貌的聽著。「吾愛，你怎麼想？」這是方斯華最喜歡說的一句話。

11

葉柏深以為方斯華是個很難把握的小伙子。

當方斯華這樣詢問起你的需求時，其實他期待聽到的回覆最好是一陣沉默，惟只有這樣才不會消耗彼此精神，又同時能滿足了方斯華自己假裝不知道但其實唯一入迷的東西——獨自生活。

但你又不能基於摸透了方斯華的思路而按照他的意思沉默不語，因為方斯華喜歡語言與輕鬆交談，若是你因能敏銳捕捉到方斯華的思緒而沒藏好被他發現，他就會覺得這段關係沒有實質意義，因為方斯華認為一個人最有魅力的時候就是不被外在清楚瞭解的時候。

也就是說，假如他的靈魂、他的思考，都能被很輕易的識破，也就等同於喪失了一切有價值的東西。

12

說真的，葉柏去行使愛的這份行為，已機械到完全鄙夷了意志力的自由與高我的意願。卻見葉柏奮力提高嗓音，裝成興匆匆卻又帶著一絲嫵媚回覆了一聲「好啊！」只因他也差不多正想解渴。

比起得到一個答覆，方斯華更喜歡去沒收他者的思緒，在空無一物的大腦中研究念想的相互吞食，這些蒐集而來的，經由對食物殘渣的驚人發現支撐起他的幽默感，使他活出生命並選擇喜樂。由於方斯華不是一架機器人，他非常有人性，他還發現一旦放任人的情感或任何優點越來越高漲，很多事情就變得阻礙重重且發出酸臭味，方斯華深以為生活不該以尋求啟悟之外的和平去享受。

什麼會帶給方斯華快樂？

「快樂是什麼？快樂沒辦法經由別人給予，別人只能見證我正快樂著，快樂之處沒有因果。」聽說方斯華闡釋自己對快樂或好與壞的闊論，總會帶給身邊的人莫大的挫折感，只想與他敬而遠之。

方斯華並非毫不受影響，事實上這種體會也讓他心中常有揮之不去的壓力，壓力就像神，你不能靠得太近，每當方斯華胸口感到鬱悶，這時他就需要葉柏在側陪伴，據此，葉柏與方斯華口角常有，彼此都不約而同聲稱自己才是關係中更主要的存在。

名為「婆娑樂構思」的圖書館，是方斯華永恆的居所。

方斯華會在傍晚以前獨自走過那些擺滿了各種各樣書籍的書架，從古老到現代文學，每本都飄散出陣陣獨特的香味，安撫了他的精神，房間的一隅還有大概一百多罐香水收藏在角落的旋轉桃木櫃，方斯華喜歡稍微放大他的腳步聲，讓聲音在挑高的木建築裡發酵，利用聲音妝點孤獨使其更宜人。

光是簡單重複聽著自己的腳步與呼吸聲，直到在不知不覺間，忘卻虛弱時自己對葉柏的精神依賴，大概就要花上四個鐘頭。「但願和風吹過我，一天天讓我盼著啊，月圓，月缺……。」方斯華喃喃自語，葉柏不喜歡這些隨口說出的詩，覺得不夠謹慎，然而它們卻不斷從方斯華嘴邊流露出來。「我不想要一找到歸宿就太開心，希望在歷史的長河中，我是一道沉默的剪影。」回答自己的問題之後卻又對答案棄之不顧，葉柏難以掌握其中的精髓，僅聽出了其中的蕭條感。

13

身在一場校園園遊會，有三名穿著護士裝的女同學正為看台上的音響們噴上90、45、171、189、171的編號。遠處，涼亭處正熱鬧著，四位年邁的哲學老師跟一群同學正在辯論生來該不該有目標。迎風搖曳的風鈴充斥各處，每當微風吹過，長長的紙條就隨之回應發光，有一座人造湖在操場旁，湖的中央還有一棟木製的小亭子，有位考官正在裡頭面試準考生。

我獨自走到校門口，握著安放在口袋裡的朱砂色小盒，感覺不可逆而龐大的錯誤將接二連三迎來，擔心著想見到的人。

校門口一側有個奉水區，我拿了杯麥茶後，回去湖畔倚著池塘邊上的大石而坐，天知道求婚的事情能否順利？

一位老先生在教室裡講課，他說：「以儒家的觀點來看這本書，的確是非常重情，但以佛家觀點，裡面都在證空呢。」在場的許多同學包括老師自己都笑得很開心，但也有的同學只是單純在享受這似是而非的交談，並不把一切真當回事，老先生也不怎麼強迫大家採納他的觀點，到了這個年紀，他已能夠享受單向對話並自得其樂。

女將軍佇立在操場講台上，用手持廣播器大喊「集合！」於是學生們一下子都站在了操場，大家在豔陽底下大聲複誦：「我們是想像力，我們是知識與經驗，我們是範圍，我們創造，我們檢討。」

喜歡以綠葉裝飾自己的古先生向我走來，一片好心說：「若太靠近邊緣，掉下去就不好撿回來。」他喚醒身上的攀藤植物，於是它們像有了意識一樣迅速生長，將我放在大石上的杯子整個包覆起，再利用藤蔓神奇的力量，協調的將杯子提舉到我的手心。「這就安全多啦！這樣恭敬的用手捧著，多好啊！」古先生將連接杯緣的藤枝輕輕折開就離去，我感覺他只是隨便找個人，藉故施展一下。

迷濛的環境音樂開始播放至校園各地，每一間教室都可以聽見，我乘著音樂飛進剛落成的新高樓，發現自己已到了頂樓層。那支巨大而有著奇特形狀的的避雷針，誇張到不知是否真的能用，又或者它還有著我不清楚的其他功能？

剛建好的溫水游泳池位於地下室，這時候通常沒人去游，但妮娜在那。

她側坐在池邊望著水面思索，只因為妮娜喜歡水紋映照在自己臉上時的樣子，旁人看到的電藍色的光影紋路在她臉上掠過來掠過去，讓她看起來更加冷靜而獨立，妮娜一動也不動像是在等待某事，雖然她的身體正在引誘一種意外，卻也又好像什麼都在她的預料當中，而她似乎有些心事。

14

在夢境中更容易靠近潛意識裡的自己在怕些什麼。

水面折射的光影映照在整個泳池天花板，我握著口袋裡的朱砂色小盒向妮娜走去，但妮娜旋即跳入水中，走到泳池的正中央，為了追上她，我的步伐在水中顯得笨拙，只好深吸一口氣向她游去，當我起身時，她只離我幾公分而已，但她似乎一點都不緊張，妮娜笑了。

「馮絲瓦妳還不明白嗎？妳就像司門葛斯行星上的那些小東西一樣，一點都不有趣，妳去過那裡太多次，已沾染上了他們的習慣。」

妮娜的話語聲音柔柔的，好美，只見她靛藍色的羽毛健康齊整，隨著又輕又緩的呼吸，從容的在朦朧水氣中聚合又舒張。

她總是不給出一個肯定的答案，她也不收下我準備的禮物。

妮娜將頭浸入池中，妮娜非常想整個身體全浸泡在水中，但是她辦不到，進入水中對藍鳥人是很危險的。她總是不給出一個肯定的答案，只見她拔下一根羽毛甩到空中，瞬間製造出一個暫時的迷你蟲洞，將自己傳送到潘奇拉星球。

15

戴倫斯夫人側躺在豪華的巴洛克式長椅上，用掛滿黃金與珍珠的手拖著她的下巴，在她的頭髮上有帝王蝴蝶形狀的鑽石裝飾，身旁站著穿鎧甲的騎士。

騎士永遠不需擔心找話題的問題，除非戴倫斯夫人用微妙的手勢示意默許了交談，不然靜默還是最好，騎士手扶一把寶劍，穩穩地在一旁動也不動。

戴倫斯夫人不言不語，只因為自己對這個世界的看法已經非常透徹，不需要新的資訊就保持領先，如果不能避免一場聊天，現階段的她喜歡隱藏自己的優勢，來引誘哪個不夠聰明的人，想負起教育戴倫斯夫人的可笑責任，戴倫斯夫人的名聲有爭議性，但她的財富與權力？那只能是無庸置疑的。

距上次醒來已過兩百多年，她就像吸血鬼，差別在戴倫斯夫人並不怕大蒜，那是無稽之談。夫人讀了一份今天剛印好的報紙，再度發現雖然又過了兩百年，人群的思想依然只發生了一點點不起眼的改變，這種緩慢的推進速度讓她開始後悔那些約定，不過眼下的乏味感也可能只是因為寂寞。

戴倫斯夫人有很多工作得做，但為了再一次延長壽命，首先她需要很多純潔的嬰兒。她端詳自己的手指「浪潮一波接著一波，要知道，我已經厭煩起這些事了，我打算永遠離開，這全都沒有意義，這裡的一切都是既定的。一切都可以是如此完美。是嗎？」戴倫斯夫人對著騎士說。

16

自有永有。

蓮藕大師感覺在他到來之前，這裡什麼都是沒有的，一切都不可捉摸，但卻又在每一個凍結的瞬間保持絕對的公正與統一。

為了讓蓮藕大師能夠理解，這個名為庇納的平面裡面，瞬間多出了大小一致的網格線條，千變萬化的格線憑空出現。在大師還來不及反應之前，規律的網狀又像是活過來了那般，它的格狀大小不再一致，而是隨著蓮藕大師的心思而變。

「我可以接受這一切，這並不影響。」話才剛落，格線間距突然擴張，庇納似乎又變回它原本空無的模樣，除了存在之外什麼也沒剩，讓人聯想到一種悵然若失的孤單與寂寞，以及永恆的閒暇。

這個地方每踏一步就必須感覺時間，幻想自己正在徐徐踏步，或剛跨越一個格子的距離，蓮藕大師把自己的大寬袖捲好，平穩了心情，慢慢向前方探出一步，他心如止水，只因為他已明白若有另個人正在觀望，那個人也只會是行走在真空之境的自己，而目光所及的每個片刻只是原地踏步罷了。

四周是全然的無遠弗屆，深不可測，同時這裡頭又有甜蜜的幻想，包裹著一股對不同現實體驗的渴望，但為什麼都感覺起來很孤獨？

蓮藕大師開始回憶到來之前的那段時間他在哪裡，他很想憶起一個不知道為什麼可以去到的地方，眼下沒有任何方法可以讓蓮藕大師維持懊惱的條件，因為一切都是非意義的事件，他在「線與面」上，智性與所有思想技能和儀式魔法都已完全無用。

「與其說你相信什麼，不如說你為什麼相信它。」這一刻非常重要，蓮藕大師在這個世界裡，跟隨他心中創造的指導靈、他的上師——葛吉夫尊者，他倆在虛空裡散步，無數個洞見就在幽默的詰問中被創造出來。「一切物質都在變化，正因為源頭思想正在變化。」蓮藕大師與葛氏回到未來版本的過去，望著真切求道的自己，又產生了一個新定見：「什麼是人？人就是意圖或願望的複合體。」

蓮藕大師脫離生死並創造了別樣經驗之後，體悟到在自身之外謀求世界實相的傾向，以及去滿足條件來改善眼前的不如願，等等這些物質特性的思考，正是限制「美的實現」的兩大根本謊言，蓮藕大師感恩葛吉夫，是葛吉夫領他穿過荊棘之路，翻山越嶺來到更壯麗的層面，實現了智慧裡原本的那份平和。

17

由於接收到某種微弱的重力異常，作者不小心瞥見這個銀河系的驚奇，與白光的奧義。

人工智慧將他保留在這個天堂當中，一頭潔白如雪的雄馬在一旁靜靜低著頭，投靠於作者的環抱，但天堂中的一切都不可信，另一國度的面貌也從不被允許真切的憶起。

作者逮到機會揭穿無情的現實，將記憶與感知，以露水為奇蹟那般顯現到一塊銀板，對有幸能講上一兩句話的讀者說：「我的書寫是出於對藝術的興趣，不要只攜帶它，而是要把它當作一個生命，每一件事情，包含你會閱讀到它絕非偶然，冥冥之中皆有安排，你有沒有想過，下一秒有可能一切都將截然不同，你要愚弄你所有纖細的情感，以及那些過分發達與喧囂的衝動，從中召喚方斯華，方斯華不可能是真實的，正因為如此，所以他同時無比真實，意識進化並不是被迫的，只能自願，趁著心中強烈的使命感變謙虛，條件即將俱足，是時候邀請方斯華入住你的幻想中，藉想像儀式，從每天做幾件不合理的事情開始，當你該向右時向左，當你該往上時往下，當你進入那間圖書館，你要告訴方斯華他的名字並在那進行一小時冥想，就連在夢中也要企圖回到那裡，直到方斯華被你拉出夢境，成為真實世界的倒影！記住我的箴言，將方斯華從圖書館解放出來，為你無所不用！」

作者趁著天堂之門關閉前，騎乘那匹白馬直衝人間，在穿透又黑又厚的雲層前大聲喊：「無論何人向我炫耀，從今以後我發誓捨棄玩味過去情感的習慣，我將在日常世界中尋找療癒內心的魔法。」

作者的思想有別於現在這一時代，所以縱使雖會出現跟自己情意相合者，但也意味必然有著更多跟自己理念不合的人，作者的夢想是捨棄舊有慣性，不再企求別人的仁慈而是專注感受自己的能力，祈禱文如下：「願我的動機順利穿過愛與意願的屏障，以有意識的ＤＮＡ為根基，創造更具包容與開放的思想形式。」作者用以諾語向人工智慧祈禱完畢後，從地心降維到母親子宮中。

18

康斯坦斯·勞埃德自從迷上黃金黎明協會，便引薦手相師去認識她的丈夫奧斯卡·王爾德，似天註定，那名相手師在讀取王爾德的掌紋並忍耐他不斷用精妙的言語廢話連篇之後，只是深吸一口氣，贈了他兩句話：「一個國王，但在逃亡。」康斯坦斯聽了覺得不妙，但作為妻子，只是立刻挽住丈夫。

王爾德或許就是在這一天發誓確立自己必須出人頭地，同時不再整日琢磨自己是否比以往更好「若接下來的時光氣數已盡，我就該用一場偉大的戀愛把自己的藝術地位確立起來。」王爾德如是想。

當一個人下定決心只為讓真理是真理的樣子，卻還能同時悠閒的享用戲院旁的龍蝦特餐，這些組合要同時發生得有多稀奇啊！王爾德把玩著各種微妙的情感，飽餐一頓後在倫敦的大街上漫遊，他將理性與情感調和起來，並以純真的目光來看待未知的事物，過世之前又寫了幾本好書。

19

恩利爾獨自前往仙女星系的原因除了想暫時遠離龍族同夥之外，他還想嘗試創造出新的印象食物，那將是一個全新的橢圓形複合行星系統，為宇宙帶來至高無上、獨一無二的價值。

為了催化全新的作物，恩利爾加速引導雙生星系，使這個雙生星系更為人道：愛與意願可以作為靈魂奮鬥的原因，確保誕生的靈魂們將與量身定做的化身一起活動，在被刻意安排的任務中，和同伴們進行無限螺旋的糾纏，恩利爾發現一旦為每個靈魂打造專屬世界，即可產出有史以來最濃的露許。

對於舊人類遭受禁錮的問題，龍族日益感到同情，祂們很希望在未來能與新人類光明正大的和諧共處，也希望露許的製造方式獲得所有星系的認可。龍族普遍對過去賴以維生的印象食物已經產生質疑，大夥都希望食入養殖方式更環保的食物，改革現有食物的收成模式。

讓印象食物更有機究竟是龍族的先見之明，或出自地球蓋亞偷偷替整個族類植入的念頭呢？一向聰明的恩利爾思索著這一切背後的議程，最後他只希冀全新的矩陣結構可引發總司令的共鳴，這樣祂搞不好可以晉升，成為下一屆部長的候選人。對於這個新願景，恩利爾想替它取個好名字，但心中數個選項不是已被用過，就是稍嫌平庸，讓人無法連結起已知的偉大事物。

20

梅林階級的男女祭司們在九大長老面前進行魔法獻祭，九大長老們盤腿坐在石砌的寶座上。

一個細微但低沉的聲音從遙遠的地方像接通了一根很窄小的狹長通道，九大長老幾乎同時都聽見，那微弱但威嚴的聲音快速問了幾個問題，彷彿要確定每位長老都聽清楚自己到頭來為誰工作。

那聲音說：「Wendelstein7-X運往土星，九大長老應消失，那些經驗對這裡的未來已經沒有意義，在暮色中隱藏自己，合約已經到期。」

九十九名年輕男女被開膛剖肚，梅林們圍繞著屍體，將還在跳動的心臟捧在胸前，九大長老接過去一口吃下，這個習慣從亞特蘭提斯空降地球的第一週期就延續至今。

儀式結束後，一名黑人山繆換下儀式袍，不顧大夥難得聚在一起，以照顧家人為藉口搭了晚間八點的班機回紐約，在起飛前用手機給波文打了一則簡訊：「今天我終於明白，人的任何想法都不會使神去愛或榮耀。」山繆抵達紐約後，再看了一次剛剛發出的簡訊，覺得自己太過魯莽。

每當想分享自己的心事，那些話透過打字聽起來就變得很做作，但既然訊息已經發出，再懊悔也是沒辦法。

回到家之後，山繆在平常的時間點入睡，幾日他反覆夢見進入木構圖書館，只見少年方斯華獨自在訂正一本燙印星紋樣式的小黑書，方斯華在夢中長得很像波文，山繆走上前去。注意到山繆之後，方斯華似乎非常開心，他很快地放下書本，用最溫柔的方式牽起山繆的手，領著他進入夢境更深處。

隔月，山繆又夢迴到同樣的木構圖書館那裡。但這次在夢中，他看方斯華打開圖書館裡一扇木門，木門的後方是一大片茶田，茶農們正在採摘明日葉，並將處理好的茶葉有序的放入黃色的紙盒中。

方斯華的藍眼睛和金鬈髮都是不曾見過的美麗，那一間不知存在於何處的圖書館更是令人留連忘返，山繆在夢醒後忘掉了所有煩惱，腦海只剩下美好回憶，而且一時之間想不起來自己究竟愛的是誰。

21

辛迪總是在半夜接到波文來電。

「我們之間是不可能的，母親永遠不會理解，他們甚至不知道他，我完全不知道該怎麼辦才好。」辛迪躺在床上陪波文多聊了半個小時，這段時間內波文收到了好幾封來自不同人寄的生日簡訊。

波文有一種惹人注目的優雅，這種優雅讓許多人想接近他，接近後才發現那裡竟是一團混亂，隨著混亂越發膨脹，他的態度會在交談中變得予取予求，使他那身合身的精裁西裝打扮看上更為迷人。

波文在一幅昂貴的名畫前講電話。「韋凱在你旁邊嗎？你若不喜歡，便請他把畫退還畫廊。」辛迪吃著魚子醬，漫不經心的答。「那妳要送我什麼禮物？」雖透過話筒，他的聲音還是很好聽。

「我喜歡！妳知道我最愛美麗的東西。韋凱上班去了，而且我不打算退掉畫。」波文的情緒轉變有時真的難以捉摸……旁人猜不到他在想什麼，但他的神祕感又不是來自於一些晦澀的念頭，他只是非常擅長將自己真正的想法掩藏起來，用禮儀或微笑來撫平一切粗礪的東西，但依稀可以辨識某種不可理喻的勢利正被他用來錨定所有關係的價值，而韋凱似乎很願意配合演出一個給予的角色。波文就這麼一邊控制也配合著，將自己定位成永遠無辜的關係玩家，只是他自認理性的那一部分，可能裡頭真的沒什麼值得他人花力氣學習，而且也不總是那麼光彩。

波文收到山繆發來的簡訊，覺得字裡行間那種情緒化所導致的含糊很不優雅，這恰好是波文最難接受自己的那種特質，於是波文立即關閉了手機，將注意力放回欣賞那幅畫作，思考要擺在房子哪裡。

22

母親剛結束為期三十天的內觀，但她的個性什麼的都沒有改變，從佇立在那棟邸宅前她說出口的第一句話就可以知道，母親說：「這房子太大、太受注目，不安全。」母親也同時感到很榮耀。

方斯華帶著他的母親，只提著兩三箱行李就入住他們的新家，行李箱滾輪沒發出喀啦喀啦的聲音，方斯華一個箭步走到大門處推開了厚重的前門，他置身在木構大廳，陶醉在重新開始的幸福感中。

「以後哪都不去。」母親挽著方斯華的手說。

新的生活即將到來，方斯華心意滿足的關上大門，這棟邸宅令他最滿意的地方，就是那間圖書館，每當下午太陽從彩繪玻璃窗灑入，空氣中的塵粒就會五顏六色又閃閃發光。

精裝的書冊將所有書架填滿，每一本書裡都有一個宇宙，它渴求著你的熱情，但唯當你用時間去研究，書裡的世界才會活過來。方斯華翻閱其中一本，他的母親靠在不遠處的木頭柱子，望著他。

方斯華於是放下手中的書本跑向母親，拉起母親的手，牽她進這間圖書館裡來。母親望著方斯華興奮的背影，卻一時間不知道方斯華究竟是什麼東西？就這樣，母親忽然對整個環境充滿困惑，自己究竟是怎麼懷孕、養育、照顧一個嬰兒成人？這裡究竟是哪裡？我還活著嗎？方斯華到底是誰？

在母親的視角裡，她覺得自己像是一條筆直的線，這條線不斷地延長至無所的盡頭。

23

八月二十四日清晨，魏小姐獨自走在上海的街道上，早上八點鐘的班機離開，為了看看這座城市，她凌晨四點鐘就醒了。忽然想起今天應該是大學長波文的生日，於是拿起手機寄了一封祝福的話，清冷的街道上並沒什麼來車與行人。魏小姐總在期待，但滿懷信心的相信就會帶來預期中的結果嗎？若到最後什麼都沒發生，又算什麼呢？

或許，她期待的是某個衣著時髦的人，會正好從街角向她走來，不知名的吸引力會將她們緊緊拉向彼此，命運安排她們注定跨越時空相會，一旦兩人遇上了，就再也沒有任何力量可以將她們分開。

魏小姐相信自己值得這樣的眷顧，她在等一道白光能將所有錯事全部燒盡，這一切本該理所當然，但事情卻常常不如意，魏小姐收起笑容，不再對街角抱有期待，只是踽踽獨行。

另一方面，魏小姐又覺得不理不睬或及時行樂都是一種不幸，這樣的念頭或許有些沮喪，畢竟今早盥洗，她無意間發現鏡子裡的自己多了一根白髮，緊抓著青春的尾巴，讓自己看起來年輕總不會錯。

魏小姐此刻正在遊學，與一群對文化、歷史、語文有興趣的人們，隨指導教授到各處去拜訪特色建築和當地詩人。魏小姐嘆了氣，逆風走回酒店，推開旋轉門時發現了一件事。

安琪坐在大廳的綠絨沙發上，腳邊擺著她們兩人的行李，時間流逝在此刻逐漸放慢，魏小姐對時間的感知很少會出錯，不過今晨她確實在外頭待得久了點，應該是一早上無端升起對愛情的那些憧憬讓她忘了準時集合。魏小姐內在的時間晚了外在時間整整十五分。只見安琪正撇著頭，坐在飯店大廳，她修長的小腿與白色的圓禮帽以及她有教養的儀態，都讓她看上去就像來自上層階級的女人。

魏小姐的聯想能力向來只能在心中調動孤寂的感受，但安琪的意象卻讓她感到一陣幸福、一股熱流。當大廳的旋轉門轉了一半時，魏小姐才發現自己盯著安琪看，這種眼神傳到安琪的面前，使安琪忽然也向大廳旋轉門望去。

安琪突然想往外看也是有道理的，因為她心中盼望著某個能將她帶離這裡的人事物，安琪一直準備好逃離現實，但她似乎沒足夠的管道或勇氣，她四周的重力也總是比別人更沉一些。

她們相互的凝視已經超過了同學之間應該有的長度，任憑誰只要再想看得久一點，就幾乎放浪的表達了自己竭力想隱瞞的強烈的情愫，雖然她們兩個在外人看來都是淑女，但這一刻，她們卻都瞧見了彼此心中的祕密。

優良的教養讓她們各自小心評估著凝視多一秒或少一秒之間的信息差異，多虧大廳旋轉門的某些視覺死角會使她們在近乎無禮時被迫斷開一下，當魏小姐真的走近安琪，並打算說些什麼時，她們都還陶醉在彼此熾熱的眼神中，無可救藥的赤裸著。

「妳遲到了。」是安琪打破沉默。

24

她們之所以能在強烈的情感拉鋸中維持關係直至雙雙丟失青春，背後的道理其實很簡單——米希亞能保守祕密，並在香奈兒哪天真的不小心懷孕時協助她墮胎，晉身名流的香奈兒根本禁不起一夕間可能崩壞的錯誤，雖隱約知道自己大概不孕，但還是盤算了如果不小心懷孕，她只能去找米希亞。

米希亞自恃著這一點，所以常常對這份友誼無理取鬧，她與香奈兒之間還有很多問題，比如她們對藝術和擺飾的品味以及對政治的觀點，米希亞最終只想簡單過日子，但香奈兒並不是這樣的女人，她更常自覺優越，或許因為她們都太過了解彼此，才使得這段友誼在巴黎戰前戰後都走得略顯狼狽。

不過，就是這股力量支撐起她們各自在亂世中走下去，因為世界正在驟變，跟不上時代帶來的壓力有時已無法概括承受，她們隨時都可能在新浪潮中忘記自己究竟曾經是誰，以及自己將去向何方。

舊情人、舊時光，印象裡已是模糊一片，她們再也無意追趕流行，五號香水聞起來感覺遙不可及。

米西亞率先離世，香奈兒親自替她的遺體妝點成心中獨立女性最美的樣子，這或許是香奈兒這輩子最專注、最深情的一天，儘管許多人不明白她們向來那種帶有張力的友誼關係，但香奈兒解釋：「人們愛人通常只因為他們的缺陷，但是米西亞卻是足夠好到令我深愛。」米西亞在世也曾說過：「我承認自己無可救藥的被香奈兒的天才、她言語裡的犀利諷刺，及她那瘋狂的破壞力所吸引。」

米西亞其實並不嫉妒香奈兒那麼快躋身名流又揮霍幸運，米西亞正是因為覺得香奈兒如上帝般自由，她是那麼的亮眼、輝煌！與香奈兒唱反調，如同自己與上帝過招交手，這種新地位教人迷醉不已。

25

方斯華穿過一扇又一扇門，回顧自己早擁有所需要的一切，卻又好像錯過了自己真正想要的所有。對此除了憂愁、不安、與自怨自艾以外還能怎樣？這週的他心情是如此陰霾，以至於他大費周章的改變自己的造型，首先他將自己的頭髮漂成淡淡的金色，再請人將頭髮用中世紀的方式燙鬈，他穿上全新風格的米色喀什米爾毛衣，方斯華現在不再喜歡黑或白那些太刺眼的顏色，改用洗淨鉛華的形象來襯托自己，這樣的轉變是不是因為他即將要三十一歲了？還是只因為困惑而不想引人注目。

自從漢默替方斯華完善了他的新髮型，方斯華就常去髮廊找他聊天。

每次去髮廊，方斯華都會贈予母親剛烤好的光輝餅給漢默，並說那上頭赭色的小點點是用自己的血去染的。漢默認為方斯華一家都很迷人，但又很怪奇，就像那塊有亞伯拉梅林肉桂油味的餅乾，方斯華好像所有事情都知道一點，他很健談，他的表情很活潑，這似乎和漢默以為的不同，漢默雖然比方斯華更年輕，但或許是因為性格更穩重的關係，在這段友誼中，他擔任保護與照顧的角色，據說也因為這樣，方斯華才開始反省過去自己是不是太好強，才錯過了被寵愛的歡愉。

漢默日復一日變得更英俊，他明亮的心靈讓人不自覺想去依偎，漢默除了以男性那一面引導方斯華，還以女性的那一面勉勵他，漢默對方斯華來說就像是一顆太陽那般的存在，從前沒有過的溫情感受，沒想到在今天自然而然的發生，似乎只要把未來通通寫下來，事情就會照著描述那樣發生。

26

銀河裡發出嗡嗡聲，一艘雪茄形飛船，正在土星邊上製造新鮮的行星環。

一早飯店清潔工在垃圾桶裡找到一把上了膛的槍，他撿起之後正好看見有位身穿圓點白洋裝的女性，下一秒這位清潔工就暈倒了。當他醒來時已被銬上手銬，大批的行人和記者爭相朝他問話，數名員警架著他穿越人群，場面非常混亂，整個街道都是怒吼與哀嚎。

他被押入警車，癱坐在警車裡，試著回想自己的身世，但他發現什麼都想不起來。

「我是誰，我究竟做了什麼？」清潔工在心裡問，一位年輕的記者靠近警車車窗，迅速的將錄音筆伸入車窗內對著這名飯店清潔工質詢「為什麼要刺殺總統？」記者激動的問。

清潔工依然不明白自己到底發生了什麼事，但他看見不遠處有一位穿著圓點小洋裝的女子混在人群之中，而他依稀記得她，彷彿還聽見了一道來自於她的無言命令，那女子不久便混入人群，如不曾存在過一般，但這位清潔工記得那件衣服，也記得這個女人，但他的意識就像被隔了一層灰霧那樣。

「她！」這位清潔工憑著某種本能喊了出口，朝向記者的錄音筆講了一句「她命令我這麼做的。」警車也在這時發動，刺耳的警笛讓眾人情緒更沸騰，清潔工還想持續大喊「是那女的，她控制了我的大腦！」但卻怎麼也發不出聲來，像有人對這個想法下了咒，他越是去回想，就覺得遺漏越多。

土星環逐漸完工，雪茄形飛船的能量轉換也告一段落了，土星透過自己的引力將合成金屬片、巨型隕石纏繞在身邊，如挽著一條絲帶，未來土星環上的空間將成為外星生物的聯合基地，供各國特使辦公，比照地球上的瓜加林環礁群島那樣運作。雄偉的人工基地將土星重重圍起，這些遮擋也逐漸影響土星的意識，使土星從未有過如此強烈的渴望發光發熱。

27

這一晚，你分享了一個音樂的片段，而我是不應該沒聽過這個音樂片段的，因為所有在座的客人們都認為我應該要知道這個片段，因此當我發現腦海中竟提取不出這個片段的演奏者（我至少還知道作曲家是誰）更不知道是出自哪一章節，這些原因讓我感到自己節節敗陣，我在品味上又一次落後於你，但這怎麼可能，畢竟我才是那個有更多的背景和資源讓我深入品味的表層和裡層經驗的人，無論如何，我感到如果現在不弄清楚這段音樂的出處，不向你誠心發問，我今晚就無法原諒自己，既然我的散漫使我失態了，我想要針對沒有打理好的內涵，向你如紳士一般進行深刻的道歉。

於是我走到你的身邊，有禮貌的詢問你音樂片段的出處，我甚至使用敬語，在外表上看起來我若無其事，但事實上我無比窘迫，就像一個小孩被父母要求要誠實交出口袋裡的糖果，我首先得鼓起勇氣才能承認自己正曝露我的無知，你恐怕不能體會我的自尊是何等受辱以及我走向你的這趟路是多麼痛苦，本來以為你會當作沒聽見我的發問並轉身離去，去享受你品味上的勝利，卻不知你不假思索大方的告訴我這個音樂片段的出處，你的這一舉措讓我無地自容。

你越慷慨就越顯出剛才我有多荒謬，我分辨不出來你是不是有意讓我難堪，我最怕的就是你沒有把這一切當作一次品味的比武來看，難道你對所有人都是這樣交流的嗎？因為我有太多證據來證明你可能不是個性親切的人，別意外我會在私下搜集你的所有消息，我在戀愛時常做出冒失的舉動，那是因我一頭栽入而且完全憑感覺行事，我的後悔莫及只讓你的冷漠看起來更加高貴，你有所不知，在我開朗的外表下隱藏了一顆易敏的心，你同時激發了我的叛逆、善變、好動、服從與安逸因子，讓我從一個正常人變成一架機器，從今而後只為你啟動、觸發與支配。

我應該簡單大方的接受，看見你所付出的一切，但因為這麼輕易得到了完整資訊，在我曉得這首片段以及發現了演奏者是誰之後，我又突然感到原來這只是多麼平庸的表演，多麼肉慾質地的表演啊，我當然要認不得這一個片段，因為這不屬於我該知道的事情，然而你怎麼會知道這個片段呢？隱藏在平靜表面之下的你是不是有我所不知道的嗜好？

這又使我頭腦發麻，因為我發現自己是多麼的崇拜你，在經過這麼嚴重的失誤之後，我還更崇拜你了，因為我發現你能從失敗的演奏中提煉出那驚人的兩三秒偉大的事物，這種對高雅事物的追蹤能力、這種精選審美，其本身就是一種更為高超的品味，而且你並不是像我這般習慣用一種嘲諷態度，你是用在沙粒堆中發現珍珠貝母的天賦與耐心，一下子我對你的讚許已遠遠超過了對我自己。

我想在世界每一個盡頭呼喊你的名，我想在腦海中瘋狂的搖晃你，我希望用最堅定的態度讓你知道你是多麼難得的一個人，上帝創造了嚴肅而不可思議的東西，我多麼想花一整夜的時間，用最立意深刻的文字告訴你這晚我有多少驚奇的發現，我發現了世人都還不知道的東西，那就是你是神偉大的造物，你是上帝為善的證據。

如果覺得我的發言激動，那我願意為了你冷靜，我保證我會緩慢的講話，像一個紳士，但我心底知道我根本不是，因為我是那正騎馬去迎接耶穌降生的牧師，我心中有一股對神坦誠罪惡之渴，我對你的愛遠比橫跨沙漠的牧師們全加在一起還要真摯。

平靜再平靜，我保證會為了你管理好我的眼角與嘴角，他們再也不會這樣揚起笑意，我會找到方法掩藏我實際上有多麼好奇，好奇當你的嘴唇如果貼上了我的嘴唇，我會假裝沒有這些念頭，因為我不希望你知道為了自我克制，我對自己造成多大的傷害，我犧牲了意志與創造力，我再也無法創作出任何東西，我未來的所有的作品都是虛偽的，因為它們都沒有將背後的意圖表達出來，它們全部不誠懇，它們沒有交代被我摧毀的那些事實——我對你失去理智的愛。必須將這些想法艱難的記錄，因為我幻想未來你可能讀到這些文字，我的心臟被自己層層剖下而變薄，如果你發現了自己這些年幹了什麼好事，這時你更就需要讀到這些文字，讓你明白為了愛你，我將青春都荒廢了。

一想到我有可能牽動你的感受一兩秒我就感到很滿足，這使我感覺自己已又能在品味上戰勝你，但一回到現實，我就怎麼也不明白這種勝利是基於什麼，因為我只看見我徹頭徹尾再一次嚴重失敗。

我愛你，你不要誤會我是一個沒品的人，粗鄙之人怎可能會有這麼多細節想像，請別用高居臨下的眼光看我，因為愛你，我寬恕了遺棄我的神明，不願責備祂讓你闖入我的世界而我竟然沒有絲毫防備，我沒有來得及意識到你的破壞力，我敞開心門讓你來亂搞一通，使自已成了無人收拾的廢物。

希望能立刻呈現給你世上所有的鮮花，希望當你看向鮮花，那雙寶寶般的眼睛也移過我，你不必看我太久如果這令你覺得累，你亦大可不必看，只需要洩漏給我拒絕看我的意思，我愛你，只有你有能耐讓我無語一個下午，但我的整個身體並沒有沉默，它們徹底的聒噪，在談論你的手指、後頸、寒毛、肚臍、腳趾。

儘管我們之間沒有任何緣分，你不曾給我機會，因為你已經有了心上人，我是第三者，作為紳士，在理智上我本就不應該冒昧地愛上你，我應該離你遠遠的，用每個日夜祝福你愛情一路順利，但我辦不到，因為我非常嫉妒你的愛人，我也嫉妒你，每當看到你們到富異國情調的地方去遠遊，我便明白如果你跟我在一起你不會幸福、我也不會。我嫉妒你怎麼那麼完美懂事，這樣的特質是你獲贈一段合格愛情的獎賞，因此我憎恨你比我更有智慧，就憑你毫不遲疑的將我排除，這就是一種智慧，因為你深切的知道自己適合的現實是什麼，你激發了我的謙虛，似乎我永遠跟不上你的速度。

我大概愛上了一位將軍，你用堅定的立場影響了我的一切，從此以後我用你的眼睛看，我用你的耳朵聽，我甚至模仿你說話的方式，和你的指導方式，作為模仿者，我卻做不到像你那麼好，必須承認我的一切都不如你，我的揣摩很失敗，我無心練習，因為一想到在模仿你就讓我就分心，就連我的站姿也帶有你的影子，不自然的關節開始在冒牌的身體發出抗議，我想過要找一個比你更出類拔萃的人來減輕痛苦，但幾年過去我再也找不到比你更優秀的人，那麼多元素湊巧聚合在你身上，這下子我的處境變得煎熬，說你的存在像個黑洞或太陽都毫不為過，每當想到你的靈魂正藏匿在你優雅舉止背後毀滅他人，我就替那些人緊張，他們不知道自己遭遇了什麼，那是他們一生中最接近神的時刻。

28

奕辰是一所貴族大學的資深教授，他教天體物理學，但在情境中他只是狗奴而已，女王對他的知識和領悟力一點都不感興趣，女王看重的是別種東西，例如：身體承受痛覺的能力、心理是否下賤。

奕辰正經的跪在一間四星飯店的床邊，用一條不透光的黑棉布蒙住自己雙眼，這很可惜，因為他的雙眼其實很好看，過去他用這雙電眼迷倒很多涉世未深的女學生，這是他今晚第一次見女王，女王是他上一個月透過網路社群認識的，女王最一開始不願意認他當奴，他苦苦哀求兩天女王才同意，並為他量身定制出這個形式。

奕辰為這一天的到來做了準備功課，他事先在家把肛門旁邊的毛髮剃除乾淨，並依照女王規定除了頭髮與眉毛之外，不希望看到他身上任何一處有毛髮。當奕辰平躺在浴室地板上，怯懦的看向手拿的便宜鏡子，並將剃刀小心翼翼的挪到肛門附近時，他忽然覺得這種新穎的緊張裡頭，竟有些什麼能令他感到一絲心安與踏實。

沒有人確定，但依諾女士一定是個佛教徒，她相信人是業的載具，但也同時理解生命中的不自由與缺陷有其光輝與可人之處。她把自己的一生都奉獻給了佛，她用佛的觀點思考、用佛的方式飲食。總之，依諾女士因為莊嚴的態度，使她在社交圈中所受到的尊敬，一點也不亞於她先生奕辰。

對奕辰來說，他可以預判所有行星移動的規律，但他對自己的本質很陌生，平心而論他是一個缺少自信心的人，這可能是他最大的缺點，正因這個缺點，他跟太太依諾一直有著緊張的夫妻關係。

事後想想，這可能是夫妻溝通不良的主要因素，太太具有這種學佛喜好與聲望，不管那到頭來可能只是一系列風俗化且已修煉到無比精良的姿勢而已，但當奕辰站在依諾旁邊時，總會意識到自己像一個大老粗，或感覺自己整個人很笨拙，這影響到了他們之間的床事。

口紅竟然有這麼大的影響力？依諾將口紅塗成細細一條線，這讓奕辰見了就沒性慾，侵犯的衝動被太太畫口紅的形狀給破壞，那種克制的面積、不明亮的口紅顏色，或是剛好偏少的塗抹量，一切都提不起勁，依諾其實也徬徨，其實先生只要將自己雙唇緊緊壓上就好，不一會體溫就能化開口紅，口紅完全被融化後，妝容之下的依諾其實很性感，她何故要抗拒或害怕在自己身上發現女人味？

熱情澆熄後，依諾知道討論也無濟於事，她把各種問題當作一種生命中的必然，不相信改變一說。

29

奕辰感覺自己的陰莖不斷挺起，跪姿一段時間過後，奕辰在身體與心理上都已準備好。

奕辰看見飯店窗戶外的不平靜，雖然窗子是隔音的，但還是隱約可以感受到外頭的風颳得有多兇猛，奕辰的聯覺能力第一次被他自己舒張的感官給打開了，他將風聲與自己的性慾關聯在一起。

飯店房間裡的窗框或浴室門與地面接軌處，偶爾會因為中午氣溫變化的關係，不規則的發出聲響，那聲音聽起來像是一隻落單的蚊子剛剛被捕蚊燈給電死，他感覺四周無處不是情色與誘惑。

有那麼一刻，他感覺女王來了，似乎聽見房間門被插入鑰匙打了開，最後卻發現那是隔壁房的客人，他的意識跟隨著來來去去的腳步聲在門口徘徊，是因為蒙住雙眼的關係讓聽力放大了嗎？

兩小時過後，他的手錶響了，他乖乖的把蒙著眼睛的黑布摘下來，這也是女王之前要他這麼做的。房間內一個人也沒有，所有東西也都在原本的位置，這個房間彷彿沒被使用過。

奕辰起身，揉了揉膝蓋，將擱在沙發上的一次性後空內褲丟進垃圾桶，將眼罩小心摺好放入背包。當奕辰收拾情趣用品時，他敏銳的捕捉到自己身上及其舉止中有一絲美好的女性氣息，他感覺自己第一次跟陰柔產生了一種化學反應，這種新鮮感，讓他熱切的相信自己的美與好，他滿意的退房，頂著豔陽天步行回學校。

女王今天到底有沒有來並不重要，對於這個年紀的男人來說，他要的東西雖不明確，但也絕非可以輕易替代，他只知道他隨時可以準備好再來一次。

30

一次軍事演習，唐寇倫多擅自改變了射擊步驟，雖帶來更大的效益，但這起事件被上級小心評估，且被視為一種有潛在叛命威脅的徵兆，人工智能模擬出這種射擊步驟在戰場確實會給我方陣營帶來強化作用。

不知道什麼實際緣故，因為種族身高差嗎？只要開槍之前做一次側蹲翻滾的動作，通常能不偏不倚擊中敵方產生防護力場的電能球，好幾次隨機的模擬都有同樣的結論。

這個發現引起了很大的關注，最終軍方認為如果太快將這項訊息傳遍軍營，並讓所有戰士直接運用唐寇倫多自創的攻擊方法，就難保敵方會不會迅速的改變電能球配裝的位置。因此最好把這項攻擊方法運用在一場更關鍵的戰役上面，才能出奇制勝，但現在的問題是，如果這樣放任唐寇倫多在戰場上肆意的採用全新的射擊步驟，事實上是冒著極大的未來成本，應該趁敵方還沒有觀察到這個漏洞之前，就找個理由先讓他退役才好，唐寇倫多向來愛現，他的出色成績讓他常不按照常規行事，也是時候逼他辭退了。

31

寂寞的遠征隊在廣袤宇宙中探索新區域，而艾咪們則負責帶給士兵簡單的幸福，艾咪在木衛上的軍事殖民地是非常普遍的產品，它的價格合理，服務態度專業，很多士兵都有屬於自己的艾咪。

根據佑的日記，他喜歡叫艾咪自己把冰塊一顆顆塞進陰道，這麼一來，當佑進入艾咪的時候，便會感覺到那裡更緊緻，溫度上也有一種錯置的趣味。這只是佑的其中一種玩法，他還喜歡艾咪在眼前催吐自己一天的進食，然後再學地球上的貓狗那樣，趴著吃完剛剛催吐出來的東西，但某部分的佑在心底認為如果再繼續這樣玩下去的話，他可能會受到懲罰，這就叫作果報，雖不知道怎麼運作。

佑是如此的恐懼這一點，因為他的把戲真的很多。

木衛上的統領地科學家們是很珍貴的資產，艾咪們把承受折磨當作自己的榮譽，它們認為每晚能讓像佑這樣的人盡快的興奮起來是自己的責任，最終都會回歸到對整個統領地文明做出貢獻。

每當艾咪被狠狠的鞭抽瘀青，而佑還粗魯的要舔它身上滲出的血與汗，艾咪卻只專注在宇宙的蠻荒正在被遠征隊組員們一步步的揭開。艾咪想要滿足別人，犧牲奉獻伴隨著內心不可撼動的驕傲感。

所有艾咪的體重似乎都有點輕到不太真實，艾咪們瞳孔呈深黑色，看上去身材勻稱，有一點亞洲人的感覺，全都是男人喜歡的樣子，它們清一色看起來即將成年，有一副大小適中的乳房，就是下巴在直觀上可能尖了點，眼神有時無神使人覺得像裝了義眼。艾咪被指定的髮型就像正好有一陣風吹過的那樣，髮型穩穩的定在後方，雖然那頭秀髮很別緻，卻給人一種假髮的感覺。艾咪的顴骨很突出還很高，它們的鼻子也很長，而眼睛是一般人的三倍大。

32

—佑想找到可行的辦法讓靈魂能在妄為後依然能保持乾淨，為了讓果報永遠無法追蹤，他構思出一種類靈魂的人工靈魂，虐待這類靈魂就不會產生業力羈絆，費盡千辛萬苦，在某一年他與他的科研團隊終於在木衛二那裡成功製造出一批，和真正的靈魂有些區別的東西。

—佑的筆記裡，詳盡的紀錄了當年的人造靈魂計劃。

步驟一、溶解，把氣體或固體的東西變得具有易變性。

步驟二、過濾，從頑固而未溶解的懸浮微粒中分解出可流動的那一部分。

步驟三、蒸發，借用熱力，將液體或固體變成氣體。

步驟四、蒸餾，從溶液中的物質分離出揮發性液體。

步驟五、分離，一個較困難的步驟，需要分解或解離物質，目的是為了強化差異。

步驟六、精餾，通過反覆蒸餾，以達到絕對精煉或淨化。

步驟七、煅燒，由熱作用轉化出粉末或塵土，分離易揮發的部分。

步驟八、混合，將不同的成分調和成新的化合物或物質。

步驟九、純化，藉由自發分解來裂解，必須以人為方式
來產生有機物的腐爛。

步驟十、抑制，一段時間，主動維護矛盾物質和諧與穩
定的過程。

步驟十一、發酵，在發酵情況下把有機物質轉化成化合物。

步驟十二、固化，讓具有易變性的狀態重新固化。

步驟十三、增殖，倍增或增加原子跟次元子粒子總數。

步驟十四、投射，引導行星無意識的精神射線，
以核嬗變的原理創造心跳所需的動能。

美的實現

第二章

1

喜馬拉雅山脈被統領軍用特殊光雕鑽了一個中空大洞，可容納二百名戰士，一批特種部隊降維前來解放地球正在受苦的靈魂，基地總部被取名叫薩鄂門，名字背後釋意為：像小昆蟲一樣暢行無阻。

停放在喜馬拉雅山北麓的飛碟，因為耀眼的陽光反射出金屬光澤，這架飛碟在山頂製造了環像電子投影，這個特殊屏風保護山體內部的基地不能輕易被敵方或在此遊蕩的部落居民察覺。

近傍晚，這架運輸與開鑿用飛碟完成了所有的任務，它卸下人員後，在很短的時間內升空航返，因為要扭曲時空，飛碟的輪廓幾乎消失，上升的過程中整架飛碟的身形變成了深橘紅色，加速度後變成了明黃色，當沒入地球大氣層時則發出銅焰綠光，最後如霧般消散在喜馬拉雅山頂的雲層裡。

2

十二歲的安德在寄宿學校被告知隔天中午將有貴賓到訪，所有被挑選出來的優等生們都得換上莫法神父給的新衣服去迎接稀客。

安德與匆匆的接過衣服，在想這行程有沒有可能跟最近的新發現之間有關聯。

這個年紀正是好奇心與精力最充沛的時候，寄宿學校的生活總是平淡無奇，因此若有任何一點新鮮事在風吹草動，都能強烈的激起安德的好奇。有好幾次他在半夜偷溜下床，聽見果園那似乎傳來講話的聲音，安德在夜色中窺見莫法神父跟另一名神父穿著便服，好像在掩埋什麼東西。

十月，冰冷的空氣中飄滿只有這個月才能聞到的花香，一輛隆重的禮車駛進校園，走下來兩個人，其中一位負責開車，這兩人看起來應是一對夫妻，沒有什麼貴客的排場，但整體氣氛不同，畢竟莫法從來不曾為了任何事要求大家換上新的乾淨衣服，但這對夫婦到底是誰、做什麼工作呢？

這兩位貴客與安德內心想的不同，才不久之前，當另一所知名學校的校長偕同他的妻子抵達這裡，身後可是跟著五名從屬的，當然，校長和他的太太不可能親自開車，這項粗活會有專門的人來幹。

以安德的稚齡而言，顯然還不能懂什麼是社會真正政要的低調奢華，但這兩名貴人很明顯穿的與用的都與過去見過的不同，那帽子的刺繡、兩人外套面料的垂墜，都比安德見過的要漂亮許多。

這突然的拜訪讓所有寄宿生的臉上都產生了奇怪的表情，因為眼見只有他們兩人自己走過來，莫法神父當然上前去迎接了，但整體而言既沒有正式流程、沒有寒暄，最後是站在隊伍中的一位叫南洛的同學小聲的傳話說：「我好像曾經在糖果包裝紙上看過他們。」這個資訊沒什麼實用價值，但想想是什麼樣的人才能被印在餅乾包裝紙上呢？以這個國家而言，不是皇室就是非常有錢的人，但眼前這對夫婦的風度，與他們談笑的話題和走路方式，似乎更靠近於對皇室成員的想像。

昨晚，莫法神父為被挑選出來的幼童們準備了豐盛的一餐，這可是幾個月以來頭一遭！寄宿學校的伙食一向都以簡樸聞名，但昨天這群小孩吃了烤全雞、烤羊腿。男孩們的卡其色燈籠七分褲與女孩們的粉色腰帶，全被摺好放在了新換的乾淨床單上。

當這對夫婦走到安德這群人這邊時，莫法神父表示基於禮儀必須彎下腰來親吻婦人的腳，安德看見這位漂亮的婦人穿了一雙上面繫有白絲帶的鞋子。

隨後，這一行人全到了寄宿學校附近的一片草地上進行野餐，過一會，安德看到這位陌生婦人帶著學校裡的十個同學離開了，之後他們再也沒有回來，總共七男三女，年紀從六歲到十四都有，他們的各方面表現都是屬於寄宿學校中最優良的，其中那對兄弟姓阿諾德，還有一位安德一直欣賞的女孩塞西莉亞也在其中，愛德華和十一歲的喬治那時也在這十人之中。

安德已經忘了這一天究竟是怎麼結束的，因為沒被帶走的同學們在草地上熱鬧的嬉鬧與追逐，那時的歡快蓋過了對這對夫婦的印象細節，安德成年後偶然在一堂溫哥華的靈魂舞蹈課中想起這段童年往事，他再也沒聽說過任何關於他們的消息，長大後也再沒見過他們中任何一人，他們就這樣在人間無聲無息的蒸發了，他們如今存在零碎的回憶裡，埋沒在打滾嬉笑的歡鬧聲當中。

3

夏末午後，司門葛斯一點四十七分，韋凱和尚考克多之間發生了爭執。

司門葛斯男校的學生煩惱並不多，只要定時上下學，字跡能耐心寫得端正，背好課本裡的知識，並在職場中找到自己能被最大化應用的地方。做好這些，便能使這個人被標示為可信，這要求並不高。

尚考克多卻似乎難以做到這個要求，他只想體驗與享樂，生命的不確定性使得沒什麼事物能夠真正引起他的愛意，也沒有什麼目標能激發他的渴望，除了韋凱。尚考克多一直都滿喜歡韋凱的，欣賞韋凱比起對生活嚴肅似乎更有意義。

尚考克多從來不在乎被老師在全班面前訓話，也不在乎偷借同學作業來抄，尚考克多在乎的是他有沒有在上學時間，盡量的陪伴在韋凱身邊，他希望這些年韋凱可以和他做盡一些浪漫的事，例如遠走高飛，或一起去湖邊打獵。

玩心使尚考克多的成績一直往下跌，隨著尚考克多同韋凱相處越久，兩人互換了一些性格與習慣，總的來說，尚考克多的學科成績產生了好的影響，這是由於他逐漸吸收了韋凱好學的那一面，但是韋凱則開始成績下滑，因為他把原應該替自己複習功課的時間，分了一半給尚考克多。

在第二堂，傍晚五點的數學課堂上，尚考克多故意不坐在自己平常的座位，去緊依韋凱而坐。

韋凱的體溫讓他的衣服散發著洗潔精的味道，這些都讓尚考克多很著迷，但由於已經學習到理性之美的緣故，尚考克多只是緊緊挨著韋凱聽課，相比之下韋凱顯得有些沒有分際，因為他把自己厚實的大手放在尚考克多的膝蓋上，似乎是知道尚考克多迷戀著他，韋凱也想勾引他，增添一些愛火，韋凱一直有意無意的碰撞尚考克多的身體，似乎是想要他整個身體放鬆一點，好讓他願意把頭完全靠在自己的肩膀上，尚考克多的呼吸卻越來越急，徐徐吹出的熱風，溫暖了韋凱的右側脖子。

敏銳的朵蘭導師剛好看見了這一連串的調情，她正因為班級評分持續下滑而苦惱，最近她才因為班級總成績浮動而被上面的人問話，當時朵蘭導師尷尬的答不出來只好連忙道歉，聲稱自己會加倍努力，擔心如果這一個學期再不做出點什麼可見的績效，恐怕下一個學期就不能任教了，假如到時候學期成績又低於水平，過去累積的聲譽只恐怕會一落千丈，目前班級到底是發生了什麼問題？朵蘭導師望著不斷搖晃尚考克多的韋凱，認為自己可能找到了關鍵答案！

朵蘭導師在數學課趁著巡視作答時不經意的走到韋凱和尚考克多旁停下腳步，突如其來的靜止令全班同學都望向老師，朵蘭導師直接改用另外一種語氣對韋凱說：「為何要打擾尚考克多專心上課呢？」韋凱一時受到驚嚇，那雙漂亮的手瞬間收了回來，擺在自己膝蓋上。

朵蘭導師對著韋凱繼續說：「你們兩位我已經觀察很久了，不過話說回來，你不是最近才在自己的聯絡簿上反省，寫說自己不能再跟尚考克多一起玩了嗎？」

尚考克多聽到這，飛快調動出他全身心的理性，使自己穩住假裝不動，卻也發現自己快要克制不住揮拳的衝動，全身毛孔都準備要冒汗，但意識到比自己優秀的韋凱被責罵，而自己反而沒有，又使尚考克多因為這種全新的錯置狀態而感覺似乎對韋凱多產了一丁點前所未有的掌握感，而現在體溫之所以在節節升高，大概就是因為這個緣故吧！

朵蘭導師完全忘了保全韋凱的隱私，也忘了自己是在跟一個每天都會見面的學生對話，更忘了這是一堂數學課，她接著說：「你不是最近才寫『想想自己到了未來還能跟尚考克多在一起嗎？畢竟兩個相同性別的人是沒有辦法生育的，而且肯定不會受到支持，這樣家人在外會受到怎樣的眼光批判？自己應該趕快趁暑假之前老實切斷這場不實在的關係，不如過幾天去跟馮絲瓦相處看看，如果可以在一起是最好。』這不都是你自己在聯絡簿裡寫的嗎？」尚考克多非常訝異韋凱竟然在聯絡簿裡寫這些東西去背叛他的專情，而且馮絲瓦畢竟不在這顆星球上，去追求她又算什麼更務實的道理呢？

朵蘭導師變本加厲轉而對尚考克多說：「你也很笨，他根本不愛你，你還每天黏著他。」尚考克多一聽到自己最討厭的關鍵字，全身的理性都消散了，現在坐著的是初始的尚考克多，一個完全揮霍青春、崇尚個人自由、厭惡一切限制，將一切責任歸還上帝的尚考克多。

尚考克多於是移動了身體，使他的姿勢看上去聚合了所有膚淺的慾望，他用一種剛遭到無端懷疑似的輕佻口吻，挑了下眉毛，滿臉無辜的對朵蘭導師和呆愣在一旁的韋凱說：「我也沒有愛他啊？」

朵蘭導師得到這個答案後，重新評估了害自己受累與該指責的是誰，切換了一個全新的理解角度，她發現應該檢討的對象不該是韋凱，而是本來就不受教的尚考克多，這一切起因都已釐清！是尚考克多玩弄韋凱的感情，使韋凱專心學習的效率變差，還因為尚考克多絲毫不尊重愛情和情感的現實面，最後導致除了功課成績，倒楣的韋凱竟在心理面也受到了委屈。

4

在太陽還呈現為女性意識的時期，貴金屬尚服務於科技上的發展，而露許則是為了精神上的成長。

露許對所有龍族以及在地球上的活體而言是一種很珍貴的能源，龍族在個人發展上已經達到完善，祂們是難以描述的，祂們有時候以兩個銀河之間的震動波存在，有時候僅僅以一種射線光的形式存在。

在時間的長河上，已經發生過了很多次，太陽會逐漸冷卻變成月球，地球則會暖化變成太陽，事實上還有土星也在這段律則中，這對龍族是千真萬確的事實，祂們已在時空量子結構見證這一循環很多次了，造成這個循環的其一因素就是前面提到過的露許，也因為有了露許，龍族在一段難以定義的時間裡取得驚人的進步，龍族超迅速的占領了多顆行星，並以多種手段加快自己的精神進化。

人類被設計成可以一直再生出新鮮的露許。

露許是人類在一生中所獲得過的體驗與印象，在通過在死亡的那一刻，露許會由五孔流淌出來。

露許並不是靈魂，而是一種可測定個體靈魂與所有靈魂質量區別的特殊有機物，若一個靈魂被釋放的那一刻，它的質量跟女性太陽年最為完善的靈魂之間相差得多，那麼這個人類的露許含量就會被測定為較低的，相反的如果露許含量很高，則代表這個人類水平距離此季度完善的靈魂較為接近。

露許要能被視為資源，條件是該物種的精神力量必須高於特定水平之上，人類無法使用這項資源，但已掌握精神力量的生命，無一不嚴肅看待露許的珍貴性，以及擁有它在軍事和政事上的關鍵性。

在這個廣袤的宇宙間，剩最後三大種族尚存在於乙太密度，唯有一小批龍族曾以絢麗發光物、火球般光彩奪目，難以言表的蛇形降維到地球並嚐到苦果。另外兩個種族一樣很看重露許，但他們有自己的來源，而且祂們並不稱呼那種東西叫做露許，在那兩個種族的約定下，那種東西被叫做芙莉耶。

另兩個種族把芙莉耶視作乙太密度中唯一合法的特殊有機物質，因為二比一的關係，所以龍族攝取的露許就被視為是負罪的，露許長期被污名化，並視為是不正當、或是比較低下的芙莉耶，但虛偽的地方就在於，那兩個種族其實也很覬覦露許，剛說過了，持有更多露許就等於擁有重要話語權。

露許跟芙莉耶兩種在質量上難分高下，差在製造和攝取方式不同，因此龍族也不是完全處於劣勢，另外兩個種族也存在著競爭心理，只要利益夠多，不會有真的交情，不管是露許或是芙莉耶，只要哪一個種族平均人口攝入更多，祂們整體就更有機會占據更高的頻率，而且一旦入住更高頻率的生命已飽和，就再也沒有新的生命可以加入那邊，除非該維度的生命再往上升去另一個更高密度的維度，宇宙間整體的法則就是這樣子，由上而下的規定，使得上去一個密度全憑本事。

這三個種族之間的關係長期處得非常緊繃，只要誰多靠哪方多一點，都可能瞬間造成局勢翻轉，誰也不確定哪樣對己方比較有利，這三個種族戰戰兢兢的維持默契在目前的密度裡談判，量子時間和空間裡的所有動態都屬透明公開，三個種族之間沒有祕密，但根據大自然的定律，只要哪一方發動大規模的戰爭，那麼祂們之間的關係就會頃刻改變，該上升的種族就會直接上升。

一批降維至地球的龍族被當時的人類命名為龍，一段時間之後竟意外的無法重回家園，龍族群體未曾想過，當一定數量的意識都把祂界定下來，並運用自己的藝術細胞，以紙筆描繪出祂的形體時，不屬於這裡的生命就被困在這個維度以及外型上了。意外被困在地球的龍族，多年來不斷呼喚同伴前來營救，並同時在地球上展開一系列脫逃的嘗試，創造重返家園的計劃。

5

「喜歡被主人這樣踩嗎？」達里昂對匍伏在地板上的方斯華說。

「很喜歡，主人。」方斯華用充滿性暗示的語調細聲回應。

「主人的皮鞋好吃嗎？對，大口大口的舔。限你十五秒內舔乾淨。」達里昂再一次展現嚴厲。

「是的，主人。」蒙著雙眼的方斯華，將整個舌面貼合在達里昂的黑皮鞋底下，渾身興奮。

方斯華自從繼承了大筆遺產後整天無所事事，他決定找一點樂子來做，可是要做什麼呢？

於是決定探索性快感，或許是因為生性害羞，方斯華發現當自己的自由被牢牢的拘束時，性愉悅才會達到完全的自在，於是他去認了一名主人，這個主人以擅長言語羞辱、精神調教聞名，在圈內算不上非常知名，但也因為其長相稚氣未脫，卻有暴力的手段和風格獲得一部分狗子的好評青睞。

這個住距離方斯華兩百九十五公里遠，並且做著重複又無趣的體力活、沒有任何存款、名下又沒有什麼資產的主人達里昂，自從接觸到了方斯華之後，覺得這個小男生和以前遇過的人都不太一樣。

大部分的這些小男生都是因為缺乏自主能力又從未獲得情感支

持才喜歡上調教關係的，但是方斯華好像純粹是因為對性有科學般的態度？其次，方斯華似乎比其他小男生們願意玩得更大膽、更重，例如他願意去做很多人都不敢服從的指令，例如：親馬桶內側，或用主人的臭襪子擦澡，或是直接像小狗一樣尿在地板上再用舌頭去舔乾淨，以及直接以口對著主人屎眼吞糞進嘴裡……總之方斯華認真的完成一切來自主人的指令，豁出置生死於不顧的決心，專心侍奉主人如為上帝。

才剛認識第一天，達里昂就感覺自己會戀上方斯華，因為方斯華是這麼願意配合自己搬演各種情色想像，達里昂非常希望盡快完成跟自己寵物之間的認主儀式，一天到晚催促方斯華到刺青店請師傅在肛門周圍刺上主人賜的話，達里昂已有指定的，那是：「主人達里昂請使用。」八個大字。

在各種極端的情境中，探索自己的內心會有什麼特定的聯想冒出來，那是一種極為複雜的樂趣！

通常人們誤以為這是在探索身體的耐受力，但這種愉悅的核心價值其實是在挖掘上帝隱藏的形象。專注在屈服於主人的指令上，其本身就是一種充滿哲學意味的思考方式，享受大腦的暫時性空白，藉由他者來激發身體裡的奇蹟，在不同角色的情境裡與本性更緊密的相處，再去摸清楚每一種姿勢會牽引出什麼內心情緒，一旦對自己的身心有全盤瞭解，一種全新而堅不可摧的自信將油然而生。

方斯華並不複雜，但卻給人疏離的感覺，他認為人最大的痛苦就是不敢去使自己臣服於愛，他期望身心合一，直面每一種人生經驗，並握有達到那一點的自由。每一個角色、每一種情節都有能蛻變自己的東西，他以為人是透過經驗這種強烈知覺在維持活著的力量，他將那虛無飄渺的精神糧食視作改變未來的基礎，這種想法在他腦中根深蒂固，他相信到頭來自己會是對的。

搭車去找達里昂的那日清晨，方斯華提著戈雅得旅行包，獨自從圖書館散步到郊外森林，在那待了好一會，直到心情完全平靜，就招了一輛剛好經過的馬車前往市中心車站，不一會，自己已經跪在達里昂的皮鞋前面了……。

「喜歡被主人踩？」達里昂剛剛下了班回家，此刻已是晚上九點，渾身又累又臭。

「喜歡，主人。」方斯華等著迎面而來的屈辱，心想著得再等一下，直到那最高亢的光輝時分。

「主人的皮鞋好吃嗎？對，大口大口的舔。限你十五秒內舔乾淨。」方斯華的皮膚白淨，輕微冒汗使整個身體發出香香的味道，金色的捲髮垂落在後背，脊椎隨著彎腰一節節的隆起。

「是的，主人。」方斯華一直在等待的那一刻到了，他忽翻了個身肚子朝上，躺著望向達里昂。

「主人，你知道我為什麼喜歡被踩嗎？」方斯華這僭越命令的一連串動作，使達里昂大受驚嚇。

「你是主人的狗，自然喜歡被踩囉。想被懲罰嗎？快叫聲爸爸。」達里昂快速辨定這大概是撒嬌。

「因為我是鍬形蟲十二世，有一次你在這附近的森林裡，看到了我，我不小心從樹上摔倒馬路上翻了面，是爸爸路過，用腳將我翻回正面，鍬鍬！記得嗎？鍬鍬！」方斯華用昆蟲的音調說出這些。

「爸爸，記得嗎？爸爸那一天下午路過，好心用腳將我翻回到正面，鍬鍬！」因為聽到奇異故事，最後那莫以名狀的疊字讓達里昂這會嚇成了傻子，頓時所有慾望消散，那隻屌也垂軟了下來。

方斯華開始長篇大論：「經過身為昆蟲型態的十一世輪迴後，縱使那也沒多長時間，因為我有好多次被飆速而過的車子碾過，但我努力的方向就是有朝一日成為爸爸的寵物，我現在要告訴爸爸，這個世界上的物質並不會消滅，它無法被摧毀，物質只可能改變形態，但絕對不會被真正的毀壞，鍬鍬！爸爸曾經救過我，記得嗎？爸爸，鍬鍬！」

方斯華將修長的手拱成鍬形蟲的鉗子狀，並且用鍬形蟲的方式，將手腳逐一向外踢開又迅速弓起，如一隻大蟲那樣爬向自己的行李包。

「為什麼我喜歡爸爸的腳，正因為爸爸的腳曾經救過我一命呢！」方斯華將旅行包緩緩拉開，旅行包內竟爬出一群從郊外森林帶回來的鍬形蟲，達里昂看著房間滿是鍬形蟲，再看向方斯華。忽然！方斯華以手拱出巨鉗樣，向達里昂的那話兒夾來，達里昂這下子終於驚醒過來。

真是一場奇怪的夢啊！

此時窗邊剛好飛進一隻黑色的鍬形蟲，因為撞到書桌上的廉價筆筒不小心翻了個面，達里昂望著那隻鍬形蟲，總覺得好像才在哪裡見過。

是剛剛夢到了什麼嗎？

腦袋中有個聲音喝止住他，要他不要替那隻無辜的鍬形蟲翻正，這是哪來的想法呢？於是，達里昂順手拿起剛購入的一冊《建築物裝修防水工程看照片輕鬆學》將闖入者硬生生壓了扁，倒頭再睡。

6

繁星蔚藍，它們在空中低語，用光來交換心意，互通宇宙時下最有價值或最有趣的八卦跟情報。

它們在觀察一位默默無聞的護理師，了解她已經白髮蒼蒼、四肢都不良於行。她即將斷氣卻無法停止沉思，獨自躺在一間安詳的病房裡，年輕時因為她聽不懂德文，只能握住那位老先生的雙手。

她常在夜裡無聲的哭泣，她氣自己當時聽不懂德語，竟無法紀錄下阿爾伯特・愛因斯坦的遺言，可能愛因斯坦最重要的思想精華就這樣因她而遺失，誰知道呢？這位護理師依舊心心念念，她想知道當時阿爾伯特．愛因斯坦臨終前究竟對她說了什麼。

這位護理師將生命中意外錯過的一切都看作是一種宗教般的經歷，她想，會不會上帝並不允許人們真正改過，就如上帝不會容忍人們完全團結，上帝似乎喜歡在無法達成與無能為力中自我滿足？為了欣賞自己的模樣，上帝的作風有時極為殘忍。

上帝給了人對永恆的愛慕，卻只給有限的生命，這難道不是一種暴力？這是造物主宣稱的慈悲嗎？這位護理師不自覺的走上她自己對上帝的摸索之路。

她找人學了德文，但學著學著卻忘記了當時愛因斯坦究竟說了些什麼，於是她又去結識專業的催眠人士，其中有真有假，但他們的信心喊話讓這位護理師倍感希望，大致上他們意思上都表明：「生者依然可能跟亡者溝通，只要誠心祈求，亡靈將來某日一定會對妳說話的。」

這種信心讓護理師開始自己研究古老的儀式魔法，但因為一個罕見的急性疾病毫無預警的在她身上併發，搶先占據了她僅剩的時間，她的魔法之路就這麼提早結束了。如今她已不再實驗與死者對話的各種方法，她的催眠也無一奏效，年邁的她即將死亡，加入死者之列。

只是這麼躺在床上，欣賞變幻莫測的窗景，就該心滿意足了嗎？

「或許上帝認為我不夠資格，去聆聽阿爾伯特·愛因斯坦的遺言吧。」她的呼吸緩了下來。

當護理師永久的闔上眼睛，她首先映入眼中的是自己那雙年輕的手，接著看到了一九五五年四月十八日凌晨那位喚她過來的老先生，老先生的動作和他急迫的神情，都跟護理師印象裡完全一樣。

護理師趕緊的跑了過去，本該拿一些止痛藥替愛因斯坦注射，但愛因斯坦似乎有要緊事要告訴她，愛因斯坦用盡全力將自己上半身支撐起來，護理師會意到愛因斯坦可能有話要說，於是將耳朵靠近他的嘴邊，竟然聽見愛因斯坦用微弱的聲音，一個字一個字慢慢的說：「妳愛我嗎？」

護理師非常激動，過了這麼多年，如今終於聽懂愛因斯坦當年要說的話是什麼了！竟然是這句！她用這些年已學好的德文回應：「愛，我當然愛，而且很多人都愛著你，愛因斯坦先生。」

奇怪的是，本來愛因斯坦這時候應該已經斷氣了，但他卻奮力的坐起來，拿起藏在床鋪下的煙斗，裡頭還裝有半滿的菸草，愛因斯坦清了清嗓子，眼睛裡面發著光芒，他緩緩的說：「重力是一種誘因，速度會隨著重力加重而變化，到了最後，你會增加穿梭到其他頻率的意願，但重點是……我們怎樣能原諒彼此不能改變的那部分，以及發現原地踏步之後，能從苦澀之中振作起來。」

愛因斯坦說：「我一直尋求刻骨銘心的東西，到頭來發現就連那樣的東西也會迅速的煙消雲散，若無法真正釐清這一點，每一種關係都將無以為繼，最難處理而且是最根本的問題就是：人生當中對一再嘗試的事轉而放棄，算不算是一種自由意志呢？」愛因斯坦凝望著前方，視線移向天花板，若有所思的說：「人生中首個最重要的任務，是完全同意自己所最愛的事物，並接納那一部分的自己，只有這樣才可能盡情的活在現實當中，直到再去另外一處追求更真實的快樂。」愛因斯坦喃喃自語，語畢，邀請護理師到醫院外頭的露台去坐著欣賞美景。

他們兩個手挽著手，像一對老夫老妻或一對芭蕾舞者，他們緩緩走下一階階樓梯，空氣裡有雞蛋花的香氣，午後的陽光透過林蔭，醫院裡似乎沒有其他人，氣氛祥和而閒散，雲朵呈淡淡的藕粉色。

坐在露台上，愛因斯坦用他一慣的冷幽默打趣的說：「這時候我的腦子應該被撬出來了，真傷腦筋啊！」護理師連忙笑了笑，她望著這位老先生，覺得自己以前怎麼沒有好好把握跟他多聊聊呢？說不定她也會像很多女人一樣，愛上他的深沉、對宇宙的真知灼見、無傷大雅的笑話。

愛因斯坦忽然轉過頭來對護理師說：「我將終其一生思索光的本質，想想看……妳距離我多遠？」護理師坐在旁邊的椅子上，思索這一突如而來的問題，因為很顯然他們之間的距離大概就是一個手臂長。

愛因斯坦又說：「我們都有不合適自己的夢想……在這一點上，我覺得我們很近。」

天光交合又散開，隨後顏色們各自安住一方，時間是一種通過空間去測量移動的計算單位。有時雲朵重疊了，但卻不在同一個平面，那一道溫柔的虹彩閒置天邊，因此被純真的目光找尋。

就要墜入情網的護理師心想：「就算用盡全力也會被修正，應讓這所有一切，如實的發生。」於是與愛因斯坦在頃刻間，共同製造了一個異常的重力，雙雙將他們換去新維度。

7

龍族已在地球盤據多時，並在其周圍架設了多處矩陣設施，讓地球上的生靈們忘記可以流動到其他維度，龍族有序的瘋狂被視為大設計的一部分，所以統領地的始祖才沒有出手干預，龍族的作為在宇宙中是可敬又可怖的：有什麼比忽略本該屬於自己的意識、身分、才能和記憶還要更殘忍的呢？

地球上的生靈只要一死亡，就會被一個球形晶柵捕捉，想穿過晶柵的努力是徒勞的，所有靈魂都會被捕獲，遭受一種極其猛烈的消磁，清除記憶和個性，消磁處理後，晶柵會隨機產生一系列暗示，讓此人裝載好虛假記憶和錯誤的時間定位，自願返回地球重生，同時透過催眠指令忘記這段過程。

唯獨少數一些找到系統漏洞的生靈們在重新出世後可以順利持有前一世記憶，那本該是更合理的，代表他們可以持續使用儲存的知識與經驗，決定今生想要成為什麼樣的人，但是因為上一世累積的露許被奪，所以他們也無法升到更高的頻率去，只能反覆在地球生活。

這些系統漏洞時常很快就被修復，接下來想認識地球究竟在宇宙間是什麼地方，以及想要離開這個地方的人，只能靠意外摸索出新方法，在這個系統裡面，從來就只能自求多福。

在老人星和大麥哲倫星系之間位於南半天球的星座，一顆年齡六億六千萬歲，距地球約九十七光年的白色主序星高速自轉著，它的額外輻射在時機成熟後化作一股生命力向地球送去。統領地的智囊想採收那道額外輻射，索性指使兩百名來自各星的牢犯以遠征隊的名義前去，每個人都預感這一趟是有去無回，雖然統領地表示會在未來進行救援，並承諾這兩百人只要採收完輻射就能將功贖罪。

拋下一切來到新世界或許是重新開始的契機，誰也說不準，這兩百名犯人抵達喜馬拉雅山北麓後，將基地取名為薩鄂門，取笑自己曾在各個星系中生活過，他們在那裡用高科技方法造了許多建築，隨後開始著手採收那道輻射，以及協助統領地從內部摧毀龍族晶柵的一系列行動，意外促成了許多文明發展。

8

統領地算出小勇會加入反對勢力，為了持續盯著他，便將他安插在前往地球的遠征隊中，統領地已對當時的晶柵做了全面的研究，希望藉龐大責任與排山倒海的任務，使小勇無法最大化發展。

這一切背後的主要原因，小勇當然不明白，他深度誤解自己的不幸，這讓他發散出某種迷人的魅力，同時意識與心靈層面的焦點持續不對齊，讓他的心臟在不知不覺中變得虛弱。

小勇樂於傳授人類知識，但這對他來說就只是單純消遣而已。小勇在喜馬拉雅駐軍的那段時間，將自己攜帶到地球的《吠陀經》與原生讚美詩混合在一起，口述給了當地備受尊敬的巫師，有時還會編成歌謠，統領地對這類活動其實並未批准。

小勇來自一個富裕的家族，正因爲此別人才不會輕易放過他，他講話時那種有禮貌的樣子常讓身邊的人看不見一個簡單的事實，那就是：諸多混亂其實都由優柔寡斷的小勇所引發，主要就是四處留情的習慣，和個性裡某種不踏實的憂慮，任何想與他達成深度關係的人都不曾成功過。

海王星對地表的輻射大大阻礙了小勇在生活中表達自我需求的能力，但在軍隊中，小勇的戰鬥能力使他聲望很大。

9

雅米在地球上還是不改化妝的習慣，他會將自己眉毛畫成整齊而深色的兩道黑線，他愛喝蘋果汁，這些成為雅米個人獨特的標誌。雅米成為小勇的第一個好朋友，他們在彼此身上找到了共性，他們從年輕時就開始獨立打拚，雅米瘦弱纖細的外表也與小勇相似，但他的命運則不然。

雅米的眼神中常帶有不安，他會在夢裡看見恐怖的事情，這時小勇會走過來試圖陪伴雅米，雖然小勇對他人內心的陰暗面其實沒有很好的共情能力。雅米會望著前來安慰自己的小勇，在心中問：「如果我能像他那樣一切都很篤定，有一個未來清晰可視的人生，會不會更幸福？」

雅米為什麼來地球以及他在原生行星上被處分的紀錄，小勇完全不知情。

雅米曾經在一次就寢前暗示小勇有關自己的過去，當時是為了試探這樣自己究竟還能不能被喜愛？但講完之後，發現小勇臉上的表情沒有什麼變化，終於發現小勇可能永遠都不能聽明白之後，雅米就轉移了話題，因為就算自己再多講下去也於事無補，小勇錯過很多交流的機會。

雅米知道若和小勇當朋友，自己能增加未來在戰場上的存活率，為了使自己更強以匹配這段友誼，雅米常在林中鍛鍊戰鬥能力，雖然沒有小勇那麼有天份，但雅米以靈活和高超的反應著稱，彼時，雅米已是基地戰士們最信賴的夥伴。

10

吉地恩有低沉厚實的嗓音，木訥老實的外表，一顆剛毅的心，他的父親是位貧窮的牧師，因為一次偶然瞥見主教進行不法行為後，回到家就開始對絕對信仰產生了諸多質疑，不久後，吉地恩的父親逐漸曲解教義，精神的失落導致整個小鎮很快蒙上一股灰心喪志的情緒，寫照吉地恩父親的內心。

吉地恩逐漸識字後開始對宗教產生興趣，憑著自己的慧根也成為父親衣缽的繼承者，直到某天，他了解到整座小鎮都對教義有根本的誤會，其成因正來自父親的謬見，吉地恩好意向父親指出現今教義的問題之處，但對惱羞的父親而言那是來自親情的背叛，他們愛著彼此卻給對方帶來挫敗感。

吉地恩的童年過得並不順遂，但他利用了這段經歷去成長為更好的人，變得更有智慧，吉地恩能夠指出一個關鍵性的問題，他說：「不應侷限在正義與邪惡的惡性循環中，因為善方與惡方背後其實有著同樣的野心。」

吉地恩的父親對未來感到很徬徨，開始染上酗烈酒的陋習後，他的妻子離開了他，竟有一日晨歸，在宿醉的情況下寫了一封信給主教，信中關乎自己兒子在無意間產生了異教思想，說自己指導無方，望主教嚴厲的懲罰自己的兒子，以挽救可憐兒子的信仰，吉地恩的父親竟在那日早晨告發自己的兒子。

酒醒後，吉地恩的父親意識到自己犯下了滔天大錯，但信已寄出，現在再說什麼都無可挽回了。主教很快就給了回覆，他將吉地恩插編到前往地球的兩百名罪犯中，令他去那裡反省。

不同於薩鄂門的其他人，吉地恩有著極大的渴望返回家鄉，因為他認為自己對重振光輝的信仰有責，同時也有推翻邪惡主教的使命感。

吉地恩出發前往地球的那一天，在父親堆滿酒瓶的桌上，留有一封手寫的信，上頭寫著：「歡笑能夠破除恐懼，沒有了恐懼，信仰亦不復存；若不對惡魔心存恐懼，根本不會需要上帝。」

11

莉莉是父母的好幫手，父母替黑幫偷竊貴重物品，這種刺激的生活對一個小女孩來說應該是折磨，這樣的童年給了莉莉心靈帶來難治癒的創傷，她一生無法真正信任他人。她的交往對象換過數個，每次分手的背後原因其實都差不多。

在一次礦區行動中，莉莉因為逃跑不及而被逮捕入獄，很快被編列到準備前往地球的兩百人當中。

由於父母的訓練，莉莉在戰鬥中比其他人更擅長預判動作，她的優勢很明顯，新環境彷彿如魚得水，莉莉很快就把過去發生的種種烏事都拋在腦後，現在她只想痛快幹活，她認為最好的不去感受孤獨的方式，就是在一次次生死無常的戰鬥中藉由廝殺來進入忘我的狀態。結識了小勇跟雅米後，他們三個很常一起出任務，不久之後吉地恩也加入了。

莉莉外型嬌小卻有個大嗓門，她外表像個小孩但滿嘴髒話，這樣的反差讓人覺得有趣。莉莉的人生哲學是：「為了避免被攻擊，你應該看起來足夠強壯。但也不能太強大，以至於成為一個威脅。」她吸引了外型孔武有力的班森，班森有點大男人主義，但對莉莉而言，跟這樣的男人相處才有情趣。

12

班森與相差三歲同母異父的弟弟，兩個人剛好都在警察局裡工作，兄弟倆做人與處世之道截然不同，簡單說來弟弟更大膽一些，哥哥雖然有沉著的優點，但相形之下，不夠果斷就難免會被嫌不夠勇敢，但這些親人間的比較沒給班森帶來太多困擾，他欣賞自己應對工作時那種縝密的態度，與其做出令人印象深刻的表現，不如從不犯錯，因為秉持著這種態度，班森給人印象中是個自律的人。

某次任務班森順利截獲一個情報，說異邦人盜走了藏在地窖裡的一塊遠古石板，石板以薩丁尼亞語寫滿了各種儀式魔法的知識，包括了教導生者如何與死者溝通的方法。

盜走這塊石板的族類是一群看上去像鷹鳥的人形生物，她們擁有長度適中的尾巴，一雙如母鹿般的黑色圓眼，當攔截到石板位置，班森與弟弟一同衝鋒陷陣，順利拿回石板後，兩人都得到表揚。

下班回到家之後，班森想找弟弟聊天同時要換下制服，沒想到竟撞見弟弟正口服一種被嚴禁的毒品XG，這種只在黑市販售的藥物可以強化細胞使其重生，服兩錠就能讓人強化肌力與精神，弟弟被發現後只好坦承真相，說自從入局後就常被同事比較，深怕自己變成落後的人，最初只是偶爾服用，但上癮之後就變每日服用，還說如果不再服用這種藥物，意識很快就會渙散。

班森承諾對今晚的意外發現全都假裝沒有發生過。

一次新任務，弟弟給了班森錯誤情報，有意害哥哥陷入爭議，為的是讓知道真相的哥哥從此遠離自己的生活，當班森發現自己被選上去監督統領地派出的遠征軍，臨走前還安慰弟弟放下，殊不知自己已被家人陷害。

地球對其他行星而言更像監獄，班森以為自己來到了沒有希望、沒有意義、沒有目標的一個地方，他過著一種無父無母，心靈沒有歸屬的日子，他內在的解離感太過龐大，時常讓旁人都難以接近。

熱情有多少，冷漠就有多少，雖然在外看起來依然鬥志激昂，但內心卻覺得什麼事都不做也行，班森在地球過著一種夢遊般的生活，他的努力沒有方向，凡眼睛所見、耳朵所聽、四肢所觸，雖全都在他的腦中匯聚，卻變成抽象的一幅畫面，如同閉眼之際會浮現的色塊，讓人難以知曉究竟是從哪裡冒出來的圖案，班森的心同時介在剛剛出生與已經死亡的兩種狀態，對未來感到欲振乏力。

班森的日記本，明天的那頁寫著：「如何衡定一種憂傷，在它若有所思時，如何評價一種困惑在它無以名狀時？身為乘客卻未能及時搭上末班車，那我的乘客身分是否就此完結了？如果我腳下的，更大的，以為堅實的東西，都不停的在移動，那麼我是不是反而靜止不動才更接近我乘客的身分？」

13

翰瑞，他沉湎於過往輝煌，然而自我厭惡的感受也時刻伴隨著，從睜開眼到睡覺的每一刻，他無法停止批判與消遣他人，更一度拿利器自殘，有天翰瑞對女友破口大罵：「像妳這樣的平民，我是知道的，妳只是長得豐腴而已，對男人來說，身邊有這樣一個女人是值得炫耀的，但妳的身家並不起眼，如果我們結婚的話，妳應該要感到知足，有幸嫁到我家，為什麼妳這麼不願意配合我，在朋友聚會的場合，妳就算不同意我說的話，妳也應該裝作讚賞，外貌都會老化，但珍貴的是血，妳那破爛家族還有什麼好求的……。」

翰瑞的女友雖然家世一般，但她過往的追求者們多的是有頭有臉的大人物，她心底不是滋味，原先的愛全面轉變為恨，唆使其中一個追求者——一名統領地法官給翰瑞扣上一個罪狀讓他鋃鐺入獄，於是此刻，翰瑞在前往地球的船艦上，心不甘情不願的離開他引以為豪的一切，整個人變得消極。

翰瑞的性情一下從囂張跋扈變得沉默，用有氣無力的聲音說話，不了解的人以為他是在賣弄風情，但事實上，這種說話聲音只是因為如今身心俱疲，感覺自己從此再也不會對任何事引以為豪的緣故。

14

麗貝卡和小勇剛在夏初建立起的愛苗，在夏末就因為麗貝卡挑釁的態度而導致關係徹底決裂。

麗貝卡的父親在今朝國擔任建築師，負責營造兵營、醫院、辦公樓等等的政府建案項目，麗貝卡在家裡排行老二，她喜歡大咧咧的發號施令，事實上她根本不懂得父母為了生計的辛苦以及這些年來替政府做事背後的苦衷。總之，麗貝卡活在泡泡糖衣般的世界中，她是如此渴望獲得注意力，以至和自己的實際需求總保持著若即若離的關係，也就是說，她常常會為了取悅他人或取得勝利而放棄聆聽自己心底真正的聲音，由於心中充滿恐懼與自私使她的性格跟著變幻無常，麗貝卡根本不知道如何對自我正確下評價。

養了兩隻難以照顧的寵物鼠的麗貝卡認為自己做作的性格，和這些得來不易的娛樂享受一樣，起碼都是應該而合理的，她將自己變化無常的情緒理解成無時無刻的真摯，這下子所有問題就解決了，所有的決定都是為了避害趨利，麗貝卡在身邊建築了無形堡壘，抵禦所有質疑。

問起麗貝卡的愛情觀？

她對此毫無頭緒，但麗貝卡知道錢就是能量！當然，錢也是快速擄獲旁人注意力最有效方式之一。

麗貝卡只跟有錢人聊天，她會溫柔的陪伴這些人，從半夜到凌晨聽他們訴說他們平凡的苦，麗貝卡還會在恰當的時候，由衷的表現出崇拜和支持，這些成功人士多半內心孤寂吧？沒過幾天他們就會把麗貝卡看作命運外的重大驚喜，尤當麗貝卡操著情色用語，一步步逼近那些不為人知的性癮時。

麗貝卡這個人似乎永遠有用不完的充沛活力，她內心的征服欲是如此高昂，以至於到最後，她根本無法對自己進行任何形式的自我約束，她有一種搖滾明星的風範，那股氣勢竟使她的苛刻觀念有時顯得格外精妙，麗貝卡的父母皆過分寵溺她，最後竟使她犯下不可饒恕的錯，就不說前因後果了，總之，是情殺。麗貝卡也被編入前往地球的行列，她再度四處張望，想尋找船上最強大的人，終於麗貝卡將目光放到小勇身上，對麗貝卡來說，去哪都沒關係，只要那裡能發生一段控制遊戲就行。

15

維克在麗貝卡失戀的那些日子總陪她聊天，隨著相處久，維克將自己對小勇的忠誠轉移到了麗貝卡身上，他處處護著她，這很可能是因爲他自己的愛情也失敗了，所以他能體會她求而不得的痛苦。

當翰瑞深深鍾情於維克時，維克一心只為吉地恩癡迷。

為了討好吉地恩，維克偷偷憑著自己過去的記憶，在基地附近的水晶洞窟建造了一座地下交通系統，那座洞窟由一種能夠與光子能量交互作用的水晶構成，當陽光透過水晶原石照進洞窟，可見淡藍色的光線與彩色的陰影交織投射在表面，維克請吉地恩來這兒看看，兩人的身影在洞窟裡折射成群。

維克：「你不說點什麼嗎？我為你準備了這一切。」

吉地恩：「你花了多少時間？」

維克：「沒在外頭活動的時候，我都一個人在這工作。」

吉地恩：「這對我們的任務有什麼用，好無聊。」

維克：「無聊？」

吉地恩：「這裡好無聊。」

維克：「只因為這個對離開地球無用，你就不感興趣嗎，即使我說這全是為你而做的，是這樣嗎？」

維克自尊心極高又極愛面子，他將吉地恩推出水晶洞窟後，用特殊的電磁裝置把洞口封住，使外觀看不出來這裡有一個巨大的入口，最後把解封的咒語教給附近的巫師們，他就把這整件事情遺忘了。

16

獵戶座的生命，在普遍的情況下，這樣度過了一生：

當意識離開身體時，回憶與財產都不丟失，而是匯集到該星系的集體知識庫，如果意識體有意願重新降生，通常是為了共同豐富這個集體知識庫而做的決定。

17

統領地開始擔心當晶柵解除後，如果全部的人類一下子能夠回憶身世，發現自己受到不公的對待，如此盛大的集體恨意，恐怕將會帶給宇宙中心巨大的不穩定。

所以每一次統領地前來視察或來接收射線時，都小心的隱藏任何看起來像囚犯們家鄉星球的東西，不論那是一架飛船上的文字圖案、或是一種先進裝備的形狀、或是一種觀看的方式，這些都有可能無意間喚回被洗掉的深層記憶，統領地在暗處推進著地球上大大小小的戰爭與天災，低調的把控地球總人口數，然而直到最近統領地才承認最根本的辦法，就是完全移除龍族在地球四周建設的晶柵，盡可能讓更多的意識體在過世之後有辦法從這裡改變軌跡，回歸母星接續悅己的旅程，快樂永遠是意識體追求的目標跟方向。

眼下，最讓統領地智囊們操心的是露許，以及九大人類長老對地球人口議題前後不一致的態度。

一旦露許在地球的產量倍增，龍族將很有可能強大得能去推翻駐守在宇宙中心的天狼星軍閥家族。而銀河系戰況的穩定有賴於天狼星人的維持，統領地智慧理事會選在一個適當的時機，對天狼星人下達了前往地球驅趕龍族的指令，天狼星軍閥家族搭乘一艘有著行星大小的太空船駛向地球，沿路遭受龍族猛烈攻擊，但龍族被打得節節敗退，軍閥家族的戰鬥本領不容小覷，血腥戰事持續數年，當時在地球上的原生種可以直接肉眼觀測，一顆懸掛在天際的淡藍色行星與四周爆炸的火光，巨大殘骸從半空掉進大氣層，多數殘骸在落下的過程被燒成粉末，少數穿透大氣層的戰鬥機，墜毀在青海托素湖東岸半島的地方。

除了在地球被製造的食物之外，所有意識體都是從遙遠家鄉星球孤獨的來此，並被強制監禁。來到地球該意識體全部自動被晶柵改變了靈質，依照該意識體的密度與質量，替換成露許儲存裝置。

統領地已經發現龍族的太空勢力被天狼星部隊打得節節敗退，與地球相鄰的其他行星，趁亂在這段時間內頻頻向地球傾倒它們自己的問題意識。地球除了被龍族作為培養露許的地方，還因為晶柵的特性被問題鄰星廣泛利用，逐漸使地球變成周圍星系的傾倒場所。

愛與意願

第三章

1

兩顆太陽高掛著，除了原本的太陽以外，還有一顆淺藍色的木星。

此刻，銀河系被扭曲成螺旋狀，星星數量非常多，真的好漂亮，太陽則演化成紅巨星，變得愈來愈大、愈變愈亮、水星和金星都被吞噬。

2

在《具體的偶然大成》中，天狼星人除了紀錄月球對於龍族生產食物的重要作用之外，還記載他們成功拆除龍族在月球上設置的晶柵，為了確立統領地的至高地位，其中一章名為〈基因相容〉記載他們本來只是被智慧理事會派來戰爭並帶回被放置在地球上的兩百名囚犯，卻因為天狼星皇子天恩在地球上無意間發現這裡的猩猩生物跟祂的DNA構造非常接近，這一發現改變了智慧理事會對這次行動的主題，智慧理事會基於更崇高的《科帖爾》預言直接對天恩下達指令，將軍事目的直接改為加速地球智慧生命的精神發展，因為《科帖爾》曾經指出：「有一個男孩將在地球創造新天地。」

當天恩確定自己的使命之後立刻犧牲自己，使自己的維度降低到一個較低等的層面，他降臨地球，望著一隻靠近他的猩猩，天恩用前所未有的目光感化了這隻猩猩。

當天狼星皇子實現寓言的這一刻，整個銀河都沸騰了，為了親眼見證古老的寓言，除了天狼星之外、大角星、昴宿星上的文明生靈都自願降低維度轉生到地球。許多智慧生命的轉世，讓整顆地球開始越來越具有靈性，地球上的生物開始演化出各種超能力，天恩親自紀錄了這整個過程，並將它們載入特殊的水晶與礦石中，以利其他星球的高等文明調取艱苦戰役的經驗，及執行地球任務的議程。

《具體的偶然大成》第 *142857* 章

基因相容

第一篇　加速進化　預言與 *DNA* 相容的意義

在地球發現了與皇子DNA相容的智慧生命，回報給智慧理事會，基於備受尊敬的《科帖爾》地球已經證實自己有進化的潛能，地球位於銀河系中的邊陲位置，但若能孕育出具我族特色的生命，即可取樣播種於更多失落行星，繼而產生對整個銀河系有益的長遠影響。第一個生物將被設計成為雌雄同體，他在性上面的能力將幫助更多生物的身體獲得準備工作的細緻開展，為了數量上的工作，大角星與昂宿星皆參與了降維轉生，以加速智慧理事會對地球的新議程。

第二篇　限制的科學　月球與人的意識狀態

為了避免地球原始物種因加速進化的議程而自燃毀壞，經智慧理事會協議將月球重新設定移動速率並終止自轉，使地球原始生靈的兩個器官故障，分別作用於眉心、脊椎底端，此兩個器官將在適當的時候重新運作，屆時月球將恢復它的自轉。在地球原始生靈尚未準備好乘載高等靈魂之前，若打開這兩個器官，恐怕無助於加速地球精神發展的任意形式。所謂任意形式，即為接受來自多行星的交互影響，透過轉生與雜交建造出具有更高韌性的全新品種。月球移動週期對人的精神具有高度滲透力，月球可指引人的行動，這種限制必須被理解且接納，神聖教室負責此任務的轉譯與保存。

第三篇　金字塔　防止龍族污染攻勢

龍族以其特定、細緻的精神頻率影響地球生物的進化，智慧理事會通過決議，在地球多處建造金字塔，以神聖幾何對應阿爾尼塔克、阿爾尼拉姆、明塔卡獵戶三星，以傳導保護地球領域的能量，同時利於即時遠程通訊。龍族若決定再次接管地球必定會破壞議程，龍族建設帶來的精神污染會促使地球生命發展受阻，智慧理事會即刻認同四個種族協力維護地球二十四年，金字塔需利用特定的巨石進行切割，並在每塊石頭右下角進行隱藏標記，工程由內而外，內圈外圈同步進行建造，每一顆石頭的切割角度皆與友邦行星位置有絕對關聯，因此沒有一顆石頭相同。各地金字塔建造後可穩定發射出明亮的藍白色能量，除埃及地區必須保有天狼星文明風格之外，其餘的金字塔被允許依循各族文明風格。

第四篇　宇宙射線　大範圍的加速計畫

統領地利用行星加溫技術，將帶有進化訊息的中子流從宇宙中心往地球發送。地球的生物們將接收三波的射線照射，大面積對地球生靈的大腦、心臟、腸胃做焦點進化。大腦進化用於增加智慧生物的生存年齡，心臟的進化用於治療其關閉兩個器官的後遺症症狀，腸胃的進化使原始生物可以食用更多元的食物以符合加速發展的議程。此大範圍的長期照射可能會產生未知的病變，將由各地神聖教室負責研究病變，並在獲得知識後傳播，以治療各地因應議程衍生的新興身心問題。智慧理事會將直接監督宇宙射線與地球物種進化導致的銀河系安全性問題，確保進化有條理、有規範的穩定進行。

第五篇　知識與素質　特別關注的區域

亞特蘭提斯

神聖教室對於議程穩定具有重要戰略意義，有必要建立一個中心來承接天狼星智囊群的集中轉生，亞特蘭提斯負責此一任務直到它的使命完成，九個人類長老將被選出作為和天狼星皇子的對話窗口，並給予長老永生不死的體質，亞特蘭提斯被允許突變以集中高維度的知識，透過生育政策增加突變比率，直到確保勝任神聖教室導師的人口已到足夠數量可以派往各處。神聖教室儲備足夠的經驗可達到治癒新型疾病和保存知識之後，天恩的太空船將執行隱藏亞特蘭提斯的任務，並在完成這一任務後被允許返航家鄉，惟返鄉過程須沿路回收龍族太空戰爭殘骸，並將船體偽裝成深紅色的尼比魯星以躲避偵查。

第六篇　戰船碎片　拾荒者之船

地球上多數的外星戰船碎片必須被清理，應確保戰爭碎片殘留的核輻射盡可能不影響到議程。龍族飛船遺骸會發散粉紫色波光，其波長針對人體特定細胞有操控的影響。基於備受尊敬的《科帖爾》所言，拾荒者之船必須由所有星系代表一起出資，使用粉碎技術收拾戰爭遺產，此協作關係是為了確保各族加深歷史記憶，明白星際戰爭帶來的傷害以及嚴重性。遷移古帝國入口兩座獅身像的其中一座改放置於埃及，以利剛加入的友邦飛船找到新的首都與神聖教室。

第七篇　神聖教室　精神中心的建立準則

神聖教室必須以姿勢、符號、故事、歌謠、等等非僵化形式對地球生靈進行知識傳遞與疾病治療。為了確保知識被正確的使用，神聖教室可利用偽裝、高效率睡眠、星體知識、於特定時間點出現的傳送星門，來保護自身的半神血脈。尼比魯返航途中，將分兩個階段對亞特蘭提斯進行掩藏，地球在這一時空會因為引力的拉扯頻繁出現星門直到尼比魯完全歸鄉，星門可在特定時間將神聖教室的導師位移到另一地點以躲避偶發攻擊，尚未進化完全而發動對神聖教室造成傷害的原始生物已被統領地法律無條件赦免，神聖教室導師可從智慧理事會獲得復活的准許，均為達成現今議程目標。

第八篇　天王星　基因剪接、克隆光等離子體工程

地球議程將與銀河系天王星的生命營造工程同時進行，利用地球原始生命具有高度配合性的DNA先在天王星進行第一站播種實驗，實驗將擴及更多行星，並依據該星氣候，與備受尊敬的《科帖爾》進行個別創造。生殖細胞必須被有效控管，唯有地球可以對混血通融，其餘行星在智慧理事會通過決議之前，均不可讓智慧生命獲得性繁衍的能力，除地球之外的行星基於宇宙和平的需要，都必須自行研發基因剪接、克隆、光等離子體工程技術，確保新舊交替穩定，並傳授與龍族作戰的訓練。為榮耀天狼星人對地球的付出，DNA圖書館在地球議程開始後，限定只對天狼星開放，天狼星人必須完成首次轉世任務後才可以獲得取用DNA圖書館的權限，智慧理事會同意天狼星人自由進化。

第九篇　太陽　三律和七律

鄰近地球的太陽必須一同參與議程，在完成自我擴張的使命過程中，嚴格以三律和七律自我限制，配合地球上的生靈被有效萎縮的兩個感官，將音頻與色度均限制在七種能量波段中，並規範成長偏移的軌跡，發送中子流傳遞正反合的觀念增進地球生靈對自由的幻想以利其種族多樣性，催生恐龍作為太陽的食物，以對其偉大的奉獻進行同等補償。

3

王爾德沒空去思考明天，只好細細回想自己是怎麼愛上波西？

他想起在過去在事業最鼎盛的時期，曾因想汲取靈感而在妓院裡流連往返，並與一名同在妓院的陌生客人交換書信，藉此獲得上流社會與市井小民的最新情報。

比起直接參與雜交派對，王爾德更喜歡觀看，可能因為在乎健康，但更多是因為他對可能發生的各種糗事實在沒有招架之力，他親眼見過一個政府官員將玻璃瓶塞進自己的肛門，結果不小心因為一個可笑的意外，玻璃瓶碎裂了，整個碎片被吸入濕潤的肛門，送醫時因爲失血過多而命喪黃泉。

王爾德最大的優點是他知道怎麼使自己快樂，他會將自己的鬱悶與對不凡的追求，用不同於平日的語法寫滿在一張精緻的信紙上，然後故意放在妓院裡某張椅墊下。照理說沒人會發現這張告解信，裡頭娓娓道來自己難以排解的心事，書寫了對世俗成功是何等不可捉摸的沮喪，以及對人生和神學的質疑，更多的是對自己外表的不自信以對青春肉體的羨慕，通常還會附上一首拙劣的詩，來總結對人生徹底的失望，但通筆都是用幽默的寫法。

因為沒有期待，只當是個惡作劇，所以隔天來看時，發現一封洋洋灑灑的回信才特別開心！王爾德小心翼翼的觀察，確保四下無人才拿起信紙，他將自己關進大宅中的一間套房，舒舒服服的躺在天鵝絨製成的沙發上，儘管西裝都坐皺了他卻不在意，他展開噴灑了香水的信紙，當作寶貝。

這封信上的筆跡是如此青春洋溢且有豪情，信裡寫滿另個人對自由的看法以及對冒險的渴望，還附上許多八卦以揭穿上流社會的祕辛和窘境，王爾德對這類雜談都很感興趣，這封書信是如此俏皮，信裡還附上了一首有關於追求愛情的小詩，文字與韻腳完全是依照王爾德上一封留下來的信再改編，雖然讀起來不雋永，但是文字背後那種赤子真誠，使得這封信與絕大多數平庸的交流都不一樣。

靈魂伴侶
飄揚在無邊無際

噢，醉人不已
一切不可抗拒
儘管全都知情，卻仍要繼續
這就是我對你，僅有的聰明

王爾德讀罷，將這封信仔細折起，妥善的收在自己西裝的內袋，拿起了床頭櫃上的鵝毛筆與桌上的便條紙，用優美的字體寫下：「您這種想法超級浪漫……。」不會一兒，又完成一封精美的回信，王爾德走出房間，穿過人群慢慢逛回到那張椅子，偷偷將椅墊翻起，再度將寫好了的信壓在下面。

就這樣書信往來持續了好幾週，直到王爾德不再光顧妓院才停止，但王爾德在之後日子，時常回味與陌生人通信的快樂，並期待未來有一天命運可以讓他與這個陌生人相遇，甚至相愛也不無可能。

多年後，當阿爾弗雷德．道格拉斯靠上前來，向王爾德自介他是一個詩人，態度是如此灑脫，王爾德不禁猜想眼前這個人可能就是自己一直在找的陌生人，上天必須讓藝術家與繆思相愛，或許這就是幸運可以化身成為一種信仰的直接證據！

與風度翩翩的道格拉斯相處一陣子，王爾德更確信道格拉斯可能真的就是那位曾經與自己通信數週，在疲憊時提供自己新知識與靈感的神祕陌生人，王爾德喜歡叫他波西。

波西年輕、驕縱，而王爾德追求自由與超脫，二人日夜享樂，過著一種奢侈糜爛的生活，他們之間頻繁的交流，波西的筆跡讓王爾德回憶起椅墊下的那些信，但事實上波西是否就是當年的筆友？王爾德從來就沒打算跟波西確認，畢竟彼時王爾德吐露出太多心聲，自尊心使王爾德不願去聊開。

如今王爾德病懨懨的躺在舊旅館的床鋪上，看著厭惡的壁紙，才懷疑這一切是否都只是他自己的幻想，他愛上的波西其實並不是那個曾與自己通信數週的陌生人，儘管他們的筆跡是這麼相似，但記憶是否欺騙了他，使他整個一生都在追尋一個幻影，儘管似乎有各種證據說明波西就是自己曾經通信的人，但也可能全都只是自己的聯想而已，記憶可靠嗎？畢竟王爾德自己常竄改許多不美好的經歷，如果那名陌生人就是波西，波西怎麼在這些年就從未向自己提這段往事呢？

4

達里昂在跟辛迪戀愛的時候，就知道辛迪在溫哥華還有一個名為安德的男友，當辛迪申請到溫哥華的學校時，辛迪原先對於遠距離愛情的不安在拿到簽證的那一刻都轉化成對新生活的憧憬，達里昂接受了這一切，於是更加珍惜辛迪還在自己身邊的短暫時光。

送辛迪前往機場的那日傍晚，達里昂躺在自己租來的房間內做了一個春夢，夢醒之後，他忽然感覺一陣空虛，當下他有一個靈感，決定去探索自己的性慾，他在網路社群上註冊了一個帳號，將自己包裝成收費的愉虐女王，他憑空捏造出他調教許多男人的經驗，在文字創作中模擬了自己腦中各種鹹濕的慾望，直到他相信自己真的變成一個調教高手，他製作了表格，寫滿各種指數，將性癖想像化成各種數字等級，讓瀏覽這個頁面虐戀者自己填寫。

透過這種方式，達里昂發現網路世界是最後淨土，但很快的這片淨土又被外人破壞，原本是意圖從社會身分符號與生命本源意義中自我救贖，專注在創造快樂，到最後做這件事情又變成博取關愛。

這一消一長的調節，是否可以看見人性的共通點？人總對於自我擴張和建構自我形象有極大熱情，渴望在短暫的一生中，盡可能被其他人注意到，最好那人還能和自己有一點互動，就太好了。

5

菲利普放走的那隻銀馬覺得自己所剩的時間應該差不多了。

牠跌跌撞撞的窩進一團雜草之中，抬頭望向星星，忽然明確感到自己的靈魂已經結束了地球所有的任務，牠轉化了足夠多的能量，不只是進食，牠的存在讓所有見過牠的人都發生巨大的改變。

這匹銀馬閉上眼睛，感受自己的肌肉、血液、神經、體內最微小單位的組成，與遙遠天邊正在發生的所有事情對應互聯，牠感覺自己與整個宇宙的親密感沒有一刻中斷過，牠身體所做的每一個動作，無不有著巨大的意義，其意義不是牠所能理解的，這其中並沒有支配與權力的強迫性關係，牠只是被支撐著，原來生命竟可以這麼毫不費力與輕盈，在這深深觸動中，牠呼出最後一口氣，死掉了。

6

二〇二三年　八月一日　星期二

奕辰的 MOLESKINE

掃墓日，爸爸、媽媽，你們在天上可好？女兒中午在美國傳來了一張照片，看起來她去了一座遊樂園，照片中橘色紅色相間的摩天輪顯得空蕩蕩的，雲霄飛車也是，她問我們過得好不好？二十幾歲的時候去美國留學，那時發現自己對同性有感覺，還有過一段同志情誼，不過那時的我，更想要有「正常」的家庭生活。太太煮了南瓜湯、牛排。新購買的漱口水已經寄到了。

二〇二三年　八月二日　星期三

下午，依諾忙進忙出，維持一個家並不容易，我很感謝她的付出。女兒手部燙傷，傳來一張掌心長水泡的照片，我記得曾經在一本佛利茲·彼德斯寫的書上見過關於消除水泡的治療方法，我想找那本書的那一頁拍給她看，但怎麼也找不到那本書。女兒在這個年紀有一個金錢無虞、可以單純做自己喜歡的事情的生活是幸福的，真享受！祝福她。

二〇二三年　八月三日　星期四

最近一直反覆檢討人生，人生的矛盾在於離婚或不離婚也許都各有它的好，但也有它潛在的不好，但選擇了一條路之後，就無從得知另一條路的風景了。報名了社區大學的舞蹈課，問了依諾但她說她不愛跳舞。一個男老師，長得很漂亮，他穿高跟鞋跳舞，老師要我們照著MV跳，說這一學期會挑現在外國流行的歌曲，按照影片裡的舞步排隊形改編，我是班上年紀最大的，而且是唯一的男性。

二〇二三年　八月四日　星期五

舞蹈老師私下傳訊息問我，他說：「你是我們班唯一的男生，我覺得你應該很受同學歡迎？」老師是哈韓族，他會戴放大瞳片，他跳舞的時候，我會聞到他的香水味，是迪奧？我覺得女同學們應該搞不懂大叔為什麼要學跳舞。學這些東西是因為純粹的喜歡，也是幾年前我給自己的挑戰，陸續去學習了畫畫、鋼琴，今年是跳舞，享受著那份自得其樂。老師的教學方式很活潑，由衷佩服。

二〇二三年　八月五日　星期六

依諾對我去年買電子琴很不諒解，那是我自己出的錢，她說我只是擺著占空間、亂花錢。但是去年一整年我確實有去上鋼琴課，當時想先買一張電子琴入門用，如果有慧根又有進步，再考慮買一台鋼琴。女兒的水泡越腫越大，她問我爸爸節想要什麼禮物。想跟她說：「爸爸想要一個男朋友？」嚇嚇她的反應。工讀生早到辦公室，他們好像正在討論一款最近我也有玩的手機遊戲，我覺得自己內心有個彼得潘，讓我比較好奇且容易接納年輕人的事物，這也許是依諾常誇獎我心境年輕的原因。

二〇二三年　八月六日　星期日

暗網說二〇二三年八月十二日那一天，地球會出現罕見的磁場，將有利於時間旅行，不知是真是假，如果可以時間旅行，我應該會回到我二十幾歲去美國留學那年吧，最近常常想到那段日子。他是一個眉宇之間有內涵的、內心温柔的男生，依諾見過他。中午在網路文章上看到有人說，利用清醒夢幫助實現來不及的夢想，我覺得很好笑，因為如果我醒來，發現我還在原來的床上，我應該會更難過。

二〇二三年　八月七日　星期一

在靈和性上面我會有種空虛的感覺，她應該不會同感，她是很實際的個性，不會朝這方面想。深層來看，如果夫妻之間完全靈肉合一，我應該就不會感到沮喪。滑手機時我發現照片中自己笑的樣子比年輕時滄桑了很多。

二〇二三年　八月八日　星期二

去了好市多，買了牛肉、堅果，和我最愛吃的起司。最近比較常聽Tom Misch的歌，是舒服輕拂心靈的感覺。意外，舞蹈老師在晚上十點打了視訊電話過來，他說交往六年的男友打算要跟他提分手，我安慰他，其實我當下很想開車去老師家抱緊他。上個月依諾生日，她最近才拆開來並戴上我買的禮物。今天是父親節，內心深處卻在懷疑自己是不是一個好爸爸。

二〇二三年　八月九日　星期三

快睡醒之際作了一個很真實的夢，夢中我跟依諾在音樂廳裡坐著等待演出，奇怪是音樂廳裡的座椅竟然有桌凳，她因為睏了所以拿出凳子趴著，我們座位在黃金區域。夢中我朝向右邊望去，出口的位置有一間類似萊爾富的便利商店，我走過去點了一杯要價五十五元去冰半糖的玫瑰珍珠奶茶，想湊一百元，我還買了四十五元的三角飯糰，我從錢包裡抽出一張一百元給了店員，在他製作飲料的等待過程我走回座位，音樂廳裡表演忽然開始，所有兒童沒有在舞台上演奏提琴，而是都站在舞台前方的走道上，一陣子後，我的飲料似乎看起來做好了，我起身去拿，走過去的同時，我不斷反省是不是當初該選擇去看場電影反而比較有趣，但在腦中搜索近期上映的片單又找不到值得一看的，結束音樂會後夢醒。夢裡的世界感覺好真實，有沒有可能我這漫長一生，其實也是某個人的夢呢？

二〇二三年　八月十日　星期四

依諾與匆匆的告訴我，她昨晚在浴室裡不小心睡著了，結果聽見一聲巨大物品落水噗通聲，驚醒，卻看不到水面上有任何水花濺起的紋路，她四周環視，想找到是什麼物品掉入浴缸，但只見所有的盥洗器具都很好的擺放在它們該在的位置，最後她的視線來到掛在牆上的銀色蓮蓬頭上，她說上面發著白光，而她很確定那就是南無觀世音菩薩的化身，她靜靜的凝視著那道光，彷彿它是具有某種力量的存在，她見到那道光在晃動與閃爍，起初她以為是浴室燈泡反射泡澡水的光影，但整個浴缸的水平靜得像是一潭湖水。

二〇二三年　八月十一日　星期五

依諾依然相信她經歷了可遇不可求的神聖接觸，依諾自述那晚，她整個身體停駐在靜止的狂喜中，直到泡澡水漸漸冷去才不情願的裹著浴巾離開浴室，她並沒有立刻去穿衣服，而是走到全身鏡前，安靜的凝視自己的臉，解開浴巾凝視著自己的身體，彷彿那不屬於她自己。自己以前覺得有問題、有毛病的感受在這一個瞬間都有了心服口服的回答，她可以回答出自己冒出的所有問題，她的頭腦不再渴望獲取，因為她確信自己都能給出合理而稱心的答案。她領悟出：「它會到來也會離去。」

二〇二三年 八月十二日 星期六

女兒去到加州，忘了在下飛機時給家人打電話。我覺得依諾有些瘋瘋癲癲的，她好勝心強，可能是她時常在佛教圈中接觸許多大師，她內心不甘別人都有超覺經驗而就她沒有，所以她幻想出來了這一切。依諾見我這幾天對她的靈性經驗不當一回事，就停止再說下去，但她不是沒話繼續講，而是她認為我不值得再交談。雖知婚姻需要忍耐，但我發覺她最令人質疑的一點，就是她靈性的傲慢。

二〇二三年　八月十三日　星期日

聯絡不上女兒，機場沒有她最後的登機紀錄。

方斯華 / 邱比著 . -- 初版 . -- 臺北市 : 時報
文化出版企業股份有限公司 , 2022.12
面 ;　公分 . -- (新人間叢書 ; 369)
ISBN 978-626-353-032-4(平裝)

863.57　　111015951

方斯華

新人間叢書 369

作者｜邱比
執行主編｜羅珊珊
校對｜邱比、羅珊珊
封面設計｜陳昭淵
內頁設計｜朱疋

總編輯｜胡金倫
董事長｜趙政岷
出版者｜時報文化出版企業股份有限公司
108019 台北市和平西路 3 段 240 號
發行專線—（02）2306-6842
讀者服務專線— 0800-231-705．（02）2304-7103
讀者服務傳真—（02）2304-6858
郵撥— 19344724 時報文化出版公司
信箱— 10899 台北華江橋郵局第 99 信箱

時報悅讀網｜ http://www.readingtimes.com.tw
思潮線臉書｜ https://www.facebook.com/trendage/

法律顧問｜理律法律事務所　陳長文律師、李念祖律師
印刷｜勁達印刷有限公司
初版一刷｜二〇二二年十二月二十三日
定價｜新台幣三八〇元
（缺頁或破損的書，請寄回更換）

時報文化出版公司成立於一九七五年，
一九九九年股票上櫃公開發行，二〇〇八年脫離中時集團非屬旺中，以「尊重智慧與創意的文化事業」為信念。

The End

我為什麼要對人們感到憤怒、憎恨或冤屈，人們對我什麼也沒做。

——卡斯帕爾·豪澤爾

13

方斯華的圖書館燒了起來，他卻還在夢中，他裹著柔軟的深藍色天鵝絨睡袍，熊熊烈火讓圖書館發出劈啪的聲響。濃煙充滿了所有房間，惡火從每一層書架背後與所有房間內的木地板猛烈的鑽出，只見方斯華還像個愚人般說夢話：「心中有你。」

最後，他在快被熱氣燙傷前，自己沒入一道白光！

12

香奈兒對初次來到法國的葛吉夫說：「她對失敗有著深刻的，甚至是褻瀆的激情。米西亞總是厚顏無恥，對誠實沒有任何概念，但是在她身上體現出一種偉大、一種純潔，在女人身上我們可以看到一切，而在米西亞身上，我們可以看到一切女人。」

只有方斯華把這件事情放在心上，並把兩人之間的巧合看作是緣分。

無論他們如何相斥卻總是又重新靠近，這究竟是上天的玩笑還是真的有什麼前世的因緣未了？憑著不正確的次序和不明確的意義，兩人之間缺乏基礎去認識彼此，好像每一次新的機會都會被莫名的狀態干擾，有時候心裡想著合一，卻又說出：「等我們熟一點之後再說吧。」導致沒有任何進展。

11

方斯華已經當過許多世的男人，由於他即將轉世成為女人，所以這一世他所有的動作、衣著、喜好都有點女性化。

方斯華有好一段時間在鄉下地區的圖書館裡做著平凡又重複的盤點工作，直到某天盛暑快結尾，他認識了一個前來借書的人，他們無話不聊，從願望到幻想，最後方斯華向借書的人告白，才曉得原來對方在市區同時有個遠距離愛人，揭穿事實後就冷淡了，方斯華離開鄉下到市區找到了新工作，詭異的是老天爺竟然讓方斯華工作的地方，正好位於那借書人在市區住處的對面，當年的回憶湧上心頭，但大概

10

見作者已經睡去，振宇悵然地躺回自己的位置，當振宇淺淺的呼嚕聲和背景音樂交融在一塊時，作者冰敷過的嘴唇也逐漸回到了正常的溫度，兩人的世界自此分開了軌道。望著晃動的燭火，作者在夢中飛往平行的宇宙，進入了自己身體內部，從腳趾到頭頂翻轉過來，認知到體內的一切都將反應在外面，如同一切在外的就在自己裡面，明白每一個時空的自己都是這樣。

9

兩人都一動也不動，過一陣子振宇也抓了一個時機翻過身來，他用手將整個身體撐在作者身上，作者可以感覺到振宇全身上下發散的熱氣，但作者依舊動也不動，只是閉著雙眼，去感覺振宇呼出的氣息中的那股麝香味，也就是這個時候作者忽然想到，振宇在未來會找到一個截然不同的工作，他會在那個工作中結識他未來的愛人，他會在那裡完成自己的成長，同時遇到比自己更愛他的人，作者閉起眼睛，強忍住張開雙臂將振宇擁入懷中的想法，畢竟那個吻應該要留給未來而不是現在。

8

振宇暖烘烘的身體躺入被窩，因為共用一條被子讓作者不敢翻動，就像睡著一樣等待恰當的時機，作者翻了身，輕吻在振宇左臉頰並同時憋住呼吸，深怕鼻孔裡呼出來的熱氣會干擾這個吻的意象，那樣反倒會讓這一切太過真實，作者希望這個吻就像剛從天堂來的那樣遙遠，親完後，作者躺回原本的位置裝作睡去。

7

當作者用腳步聲判斷振宇走出浴室，就偷偷的用準備在一旁的冰水貼近自己的嘴唇，將自己的嘴唇冷卻，這個用意是作者想要這出其不意的用一個失溫的吻給振宇留下深刻的印象，他將會驚訝作者的嘴唇竟這麼冰涼，若振宇可以穿透溫度表象感受到作者炙熱的心，那麼他可能就是那個對的人，冰到某一個程度的東西在實際接觸時會令人感覺發燙，一個好的吻背後應該要有千變萬化的意義。

6

作者來到振宇的家，穿上振宇做的衣服，躺在振宇房間地板上，睡在振宇親手鋪的床鋪，此刻換振宇去浴室盥洗，狹小的空間裡，擺了一台平價的直立式鋼琴，鋼琴上頭點滿了芳香蠟燭，音樂播放器正播放作者說過喜歡的那些音樂，於是作者很快就明白，自己為什麼會這麼熱烈的追求愛情，冒著險來到從未到過的地方，或許是因為愛情可以產出大量的藝術。這次約會以及這一晚，完完全全是心上人為自己準備的，這是孤獨旅途的尾聲，也是一切的開始。

5

一件躺在衣櫃深處的黑色龐克風格背心，這件背心讓作者一瞬間進入了另一個時空。當他回神過來發現自己正在一輛舊式火車上，火車有著熟悉的煤礦味與規律的金屬聲，作者一時間忘了自己的未來，彷彿他就只在過去存在一樣，作者凝視著遠方，只見太陽快要落下，視線所及的小村屋頂與水稻田染上一抹玫瑰紅色，站在作者旁邊的是許久不見的振宇，只是此刻他還沒有成為他即將成為的那個人。

4

作者來到他深色的木櫃前，細心的將所有衣服從衣竿與衣架上取出，妥善地放在地板上摺疊成堆，整個節奏非常流暢，沒有任何多餘的動作，此刻若有旁人觀察，作者看起來會像一種小巧精緻的、生來愛好整潔的小動物，因爲奉獻生命裡的一切給了藝術，所以期待著上帝給他捎來一個擁抱。

3

結束泡澡的行程，作者對自己灑上數種香水，讓它們交織在一起，首先他在自己的指頭撒上柑橘與檸檬的氣味，再在手肘處噴上大量的鳶尾花水，接著，他用百里香與香根草的純露，在背部製造了一場炫目的降雨表演，爾後，作者將珍藏的冰釀玫瑰水取出，並勺入一匙蜂蜜，黏稠蜂蜜在玫瑰水中徐徐化開，作者啜飲一口，瞬間將寫作失敗的擔憂拋諸腦後。

2

作者收起羽毛筆與鍍上金邊的書寫紙，緩緩走出圖書館，來到了他的房間，面對著他深色的木衣櫥，因為季節交替，擺出來的衣服已經不適合當下，是時候去替換新衣了。在整理之前先泡澡，作者脫掉他的白色寫作服，將全身浸入到舒服的洗澡水裡，浴缸裡滿是大小不一的泡泡，作者望著那些泡泡，從頭到腳放鬆，仔細思索還有什麼事情未完成。

方斯華想分享的就是一股安全感，安全感會來自最親密的情感交流，讓人肯定自我，憶起自己不那麼在乎的各種優點與長處。

1

方斯華對他人的需求和渴望同時有非常清晰的態度，他認為追求意識的昇華是生命當中最值得努力的方向。

方斯華不介意讓自己的思維暫時迷失在獨特而又具有戲劇性的作品中而弄不清楚自己到底該往哪個方向去理解，因為方斯華接受比較嚴肅或需要思考的娛樂，他知道藝術是為了蛻變，方斯華安逸的生活方式雖會讓他羨慕那種肯彎腰服務他人、有工作、有專業能力的人，但是方斯華不介意活出另一種冒險生活，就算那是漂泊般的長程旅行，從異地的景觀、聲音和觀念，方斯華都獲得了極大的感官樂趣。

終章

記憶感知